贖罪之泉

There was a fountain filled with blood

序

序

紀陶序

猶記得在我們的編劇班去到專門導師分組時，在第一堂教意念先行階段，婉雯和她們一班同學已有能力交出故事大綱。而她第一次交出來的《動物傳心師》，說一個失業漢與百年老龜的故事，以及後來的《哀樂》，都是敘事結構先行，已寫出獨特的戲劇佈局，知道當時她已有拍攝電影的基礎，對電影劇本寫作有初階段的田野經驗。

當時在班子裡有九個學生，是八個女子加一個男生。男同學是精神病院的護士，九個同學都是魔女思維，以前會被認為有神經病的，但我認定都是可以作為電影編劇的好材料。

我要求大家以集體創作來交功課，需要每個組員的戲劇種子都釀入這一個故事之中。結果大家生出了一個故事，說一位剛剛成年就決定去做一樓一的少女，利用性工作去飼育幫襯她的嫖客，同時在她的工作場所內，與隔鄰只懂用繪畫去吐心事的小孩相依為命。我將準備的編劇教材，以見步行步的方式，聯同每一個學生的個性先行，套入在這一個故事中。結果學生們都因主見太強，令每堂的課室內充滿戲劇創作的旋渦。

事後這個畢業功課，都被其他導師選為最佳，我亦向婉雯建議，可將這個功課再認真發展成為一個可以拍成電影的劇本，因為故事已難得具備主流。當時她們回應，說大家都喜歡一個人的創作。

現在看《贖罪之泉》，有很多細膩的文字描述，令我看出婉雯已學懂如何自我掌控具備主流的題材。是次故事以我們九十年代的香港記憶為題，故事發展奇情，當中帶有心理性糾纏，亦非常新穎。看似是已經成為過去式的故事，但是當中以欺凌事件為根本，發展成為現在時刻也被關注的社會問題。而看到故事創作的意圖，是想達到重塑一個家鄉的戲劇，同時一心利用我們的過去印象，作為戲劇元素來創造她心目中的未來。大家閱讀的時候，不妨留意當中牽涉到有水的場景時，在寥寥數筆中，寫出一種特殊的故事張力，串連出故事的起承轉合。我不知婉雯是有心的，或者寫作時啟動潛意識，但直觀到她的文字建築中，有心將香港塑造成為一個海市蜃樓。

因此，我認定她這本小說，是可以拍成電影的。

資深編劇、影評人　紀陶

謝家祺序

作為一個浸淫恐怖懸疑故事多年的電影導演，我向來是那種「麻煩的讀者」——那種試圖拆解故事背後的每一道動機，試圖嗅出段落從哪個門派演變而來，挖掘其故事邏輯的合理性與犯駁之處⋯

但這次，《贖罪之泉》教我有點措手不及。

從翻開第一頁開始，我已被書中壓抑的心理張力與細膩的懸疑氣氛牢牢掌控。故事以我土生土長的香港為背景，這份熟悉感如影隨形地加深了我的代入。不是喔！回想起來，打從第零頁開始，我已經不知不覺被扯進故事中了。你看一看，那封面的設計，正正是當年荔園鬼屋的入口，亦是我的童年陰影。

很多人說，當你看達文西的《蒙娜麗莎》，無論你從哪個角度凝視，她總是對著你微笑。未去羅浮宮前，年少的我已經歷過一次，就是荔園那張巨型綠色女人臉，很早就全方位烙印心中，而這部小說，彷彿要我重新直視當年的恐怖感覺。

走進蘇婉雯的文字世界，猶如陷入一位暗黑系女孩的心靈迷宮，別被蘇溫文爾雅的外表氣質騙了，她筆觸赤裸鋒利地勾劃著一個充滿罪咎、復仇與人性黑暗交織的世界，蘇dark，卻也正因如此，才更顯人性中珍貴的光明。

《贖罪之泉》不僅是主角們尋求救贖的泉源，更是現世AI生成內容氾濫的年代，為我們這些懸疑小說迷奉上一口有血有肉，情感真摯的文字甘泉。

恐怖的，從來不是外在那種血肉撕裂，而是心靈深處那沒法抹去的傷痕。

我已對蘇婉雯的《贖罪之泉》，產生了無限的影像延伸想像。

現在，是時間輪到你們親身踏上這趟救贖心靈的旅程。

謝家祺

導演、編劇、作家

徐聖淵序

覺得這個世界是黑白分明的人，你一定活得很幸福，不知道自己有多天真多幸運吧？

我真的有想過如果有一天我萬念俱灰活不下去想自X的話，我要去隨機找一位大眾認知的犯罪者（比方說害人家破人亡的詐騙犯吼這個在台灣特別多）帶著他一起離開世界，讓這個社會多一點公平正義，如果真的有那一天，那這樣的我，算是好人還是壞人？

能夠接受這種「灰色價值觀」的人，不知道有多少位呢？我相信本書的作者 soso 肯定會想跟我討論這種神風特攻隊+私刑正義的行為到底是否違反道德的哲學思考吧？

這也是這本小說的主要調性，每個人都有自己的陰暗面，同時身兼加害人與被害人的身份，每位角色都在痛苦中尋找解脱的方法，也引領著讀者一起思考自己到底能不能夠原諒這些角色的作為，進而更加了解自己的價值觀為何？或許這就是作者想讓讀者在普遍麻木的生活中逼迫自己拿刀子戳一下自己的大腿感覺到疼痛，才知道自己是不是還活著吧？

看完這本小說我一直在思考soso為何會以「贖罪」作為第一本小說的主題，寫點風花雪月校園戀愛之類的故事不好嗎？通常一個人創作的作品就是他最想跟這個世界訴說的事，難不成他有甚麼秘密沒告訴我？

最喜歡這種神秘的女人了！尤其是認識二十年只見過三次面的這種神秘感！！也許有一天我才會得知，他其實就是自己的林貞貞也說不定。

徐聖淵

英國創意藝術大學攝影碩士，曾任中華民國總統府攝影官、台北市長專屬攝影師

著有《哭泣女孩故事攝影集》、《STRANGERS》攝影集

第一部

第一章・一九八三年

——「她沒有回來，因為她履行了他的囑咐。」

八三年十二月二十日，下午一點十分。

雨下了整整數個月，從她失蹤開始便沒停過。

周懷森踩進泥濘，雨水順著帽沿滴落，滲入他纏在腦袋的繃帶，視線模糊不清。他忍著耳側灼燒般的刺痛，跟在數個穿塑膠雨衣的警員後方，一步步往山坡上走，每走一步，濕軟的泥漿像活物吞住鞋底，發出沉悶的聲響。

雅兒。

周懷森心裡默念著失蹤了四個月的妹妹的名字。

警方早在上個月就中止搜索行動，報紙上不再提起她，男童院裡的院友也學會了閉口不談。連綿不絕的暴雨，把她的名字悄悄沖刷乾淨，就像她從未存在過。

天空低垂得像快要塌下，積水順著焦黑色的樹娑滑落。泥土、殘枝，還有無名的腐爛物層層剝落。

這場暴雨帶走了一切，也帶來了一個答案。

「找到了，你確認一下。」

幾個警員撐著傘，圍在一棵大樹下，黑色帆布靜靜地蓋在地面。警員蹲下身，掀起帆布的一角，帆布下露出一截蒼白的皮膚。

雨水打在青白色的手臂上，反射出一抹接近透明的藍色，皮膚上沾著泥土和枯葉。

與其說是屍體，不如說，只是一隻被遺棄的手臂。像被人隨手丟棄的垃圾，與地上的塑膠袋、破布、鋁罐無異，泡過水後的指尖泛白，細瘦小巧的手掌蜷曲，像是在試圖緊握住甚麼。

「這是你妹妹嗎？」

周懷森沒有說話，他緊盯著那隻小巧的手，目光一路掃過手臂，鎖定在某處——那裡，應該有一道燙傷留下的疤痕。

不是她。但喉嚨像是被甚麼卡住了。他害怕，一旦說出口，所有人都會問：

——為甚麼她會失蹤？

——是誰害的？

——你不過是想逃避自己的過失罷了。

他低著頭，指尖捏緊濕透的雨衣。只有他自己心裡明白，一切都是自己惹出來的。

如果那天，他沒有到樂園，沒有那場莽撞又愚蠢的挑釁，只是乖乖待在她身邊，雅兒此刻仍會站在雨裡，嫌棄地皺著眉，拉他回家吧？

警員已經開始記錄甚麼，等他點頭，等他證明一切就此結束。

「她手上應該有傷疤。」聲音很輕，像是怕被雨水沖淡。「被人燙的。」

警員皺起眉，重新看向屍體：「你再看看。」

他退了一步，甚至想轉身逃跑。

但是那群大人沒阻止，只等待他把自己犯下的過錯劃上句號。

懷森站在雨中，猶豫了一下，然後點了點頭。

從此以後，沒有人再問他關於周雅兒的事，她和那個夏天的下午一起被埋藏了。

記憶像斷裂的膠卷，投射在空氣中——

那是兩年前，十五歲的懷森進入寄宿學校的前一夜，天氣比現在好，滿天星宿掛在夜空。

他蹲在陽台，握住妹妹的手，輕輕沿著她手腕的傷疤描摹。她被公園的孩子潑了滾水，燒傷的傷口腫脹滲血。當他衝過去的時候，她已經蜷縮在角落，雙唇顫抖，沒有哭出聲音。

那晚，他握住她的手：「絕不可以再讓人欺負。」

她才六歲，卻像大人般，嚴肅地抿著嘴，認真地點頭，像在發誓，又像接下了一個重要的任務。

她沒有回來，因為她履行他的囑咐。

第二章・一九九三年

尖沙咀戲院門前，人潮川流不息。

《蜜桃成熟時》的海報霓虹燈刺進周懷森的眼，他低頭看了眼手錶，二時三十分，約定的時間已過。

門口的欄杆上，幾個年輕人閒散地坐著，手裡捧著爆米花，正打鬧嬉笑著。

周懷森站在街角，臉容僵硬，繃緊的下顎線像咬著甚麼無形的東西。他靠著牆踱步，讓那隻瘤狀糾結的左耳——像被隨意捏碎的椰菜花——隱沒在陰影裡，避開路人的目光。

是她主動邀約他來這裡見面的。林貞貞，他所任教，中四甲班上的學生——一個把自己藏得很好、絕不會輕易失約的人。

周懷森掏出傳呼機——螢幕上無新留言訊息，他走向大堂的公共電話，撥通林貞貞家裡的電話號碼。

「整天不見人，我從漁檔回來就沒見到她。」男人含糊地咕噥著。

要不要告訴他們，林貞貞沒出現？

他想起了林貞貞的警告——「老師，別再挖下去了」。

電話那頭，傳來另一把女人的聲音：「這女兒總是這樣，做事沒交帶……」耳邊傳來掛斷的忙音，懷森怔了下，才緩緩放下聽筒。

一種熟悉的預感湧了上來——像火車脫了軌。腦海裡，不免閃過出門前看到的新聞——又一名少女在市區失蹤。他不喜歡這個感覺，太像那年夏天，一切出錯之前的那個下午。

懷森朝售票窗口走去，售票員懶懶抬頭。

「請問剛才有見到一個臉色蒼白，戴白色髮箍的女生嗎？」懷森一邊回想貞貞的模樣，手指碰了碰額前：「瀏海垂到眼睛上，手背上有些疤痕……」貞貞總是長袖長褲，他後來才從社工口中知道，那是為了掩蓋皮膚病的疤痕。

售票員搖頭。

下午二時四十分，周懷森步出戲院，彌敦道依舊熱鬧，人潮與車龍像洶湧的河流，淹沒無數張陌生的臉孔。

林貞貞就這樣，從此消失在喧囂中，被這座城市悄無聲息地吞沒。

＊＊＊

午夜離島的淩記大排檔，懷森捏滅了第三根煙，沒有出現的林貞貞，像霧一樣壓在他背後，他需要這裡的煙火氣——碗筷相碰、幾個小孩繞著桌子追逐，隔壁光著膊子的醉漢，幾乎把啤酒沫濺到他身上。

周懷森坐在靠近魚缸與廚房的位置，一個他長年佔據的小角落。他把傳呼機又掏出來看了一眼，仍是空白的螢幕。

一聲粗重的鼻息湊近。他低頭，流浪犬「旺財」蹲在桌旁，皮膚下的肋骨清晰可見。懷森摸了摸他的背脊，收回手，坐直身子。

旁邊一桌，三四個中年男女拿著啤酒瓶大聲說笑。

「今天這麼晚？」身後一把聲音沙啞粗糙，像長年被砂紙磨出來似的，懷森不用回頭，就知道是誰——整個離島上，就只有淩安——淩記老闆的的嗓門總像罵人。她走到桌旁，髮髻還帶著廚房的熱氣，幾縷被汗水沾濕的頭髮黏在頸側，袖子捲至手肘，手臂蒸得發紅。

懷森照老樣子點了咸魚肉餅飯和啤酒。

「幾年以來，失蹤的少女已超過六名，都是家境清白的學生，警方目前仍未掌握線索——」懸掛半空的電視機裡，女主持人聲音鏗鏘，一張張黑白照片閃過，像是剪報放大後的影像，帶著輕微的雪花雜訊。「根據目擊者的證詞，受害人多在公共場所失蹤，事發地點包括戲院門前、地鐵站出入口、公園小徑……」

懷森抬頭看向畫面。戲院門前，正是他與林貞貞約定的地點。

「這些少女無明顯共通背景，失蹤地點遍佈各區。社會上開始流傳，可能涉及人口販子……」

啤酒被重重放在桌上，濺出水滴。正是淩安——她的五官輪廓圓潤，不過廿來歲，卻總有種成熟的銳利感。她的目光停在那些失蹤少女的照片上，左手無意識地攥緊了圍裙下擺。湯勺從餐盤滑落，她卻渾然未覺，直到伙計提醒，才如夢初醒。

懷森從未見淩安這樣失神過——

數年前，懷森從男童院出來，剛到島上時，甚麼活都做，大多做不長。直至淩安收留他，她從不問他左耳的傷怎麼來，也不在他勉強擠出笑容時——因那不對稱的臉而別開臉，就把毛巾拋給他，叫他幹活去。

旁邊的三四個中年男女，正在高聲議論。

「這些女學生啊，愛玩嘛，出了事，家人就在那邊哭天搶地。」一個口中叼著牙籤的男人聲音洪亮地說道，一手搭在旁邊專注剝蝦的女人肩上。

「人家說家境清白啊？」坐在對面的女人挑眉。

男人笑了，夾起一塊咸魚肉餅塞進嘴裡，含糊道：「你見過幾個清白的？一個個化妝、穿短裙，活該出事！」

他們的笑聲像針，扎在某個懷森早以為麻木的地方。

凌安把啤酒放在眾人面前，後背明顯僵直了一瞬，下顎線繃得死緊，脖子上浮現出青筋。

這些話最讓凌安反感。她妹妹凌南，從小就長得跟她不一樣。凌安繼承了粗骨節和砂紙般的皮膚，凌南卻纖細白皙，頂著大曲髮，娃娃臉上兩顆淚痣，像永遠擦不乾的淚滴。後來，凌南真的當了模特，穿著時髦，夜歸的次數愈來愈多。每次有人在她面前談論這些，凌安總不客氣地扯開嗓門回嘴。

「這個……身材太好！」幾個男人對視了一眼，接著大笑。

懷森倏地站了起來，椅子刮過地面，發出刺耳的摩擦聲。整間大排檔瞬間安靜，向這邊注視過來。他拿起桌上的煙灰缸，緩緩走向男人，左耳那扭曲的瘤結在燈下顯得充血泛紫。

「你再說一遍。」他聲音很輕，甚至說得上禮貌。

「欸，說句笑話而已，你別這麼——」男人故作輕鬆地舉杯。

懷森抄起煙灰缸，玻璃脫手砸在男人腳邊，碎片劃過對方小腿。

男人摀住腿上的傷口，終於閉嘴，卻不是因為受傷，而是看清懷森此刻的表情——他在笑，左臉卻是僵的，像張半哭半笑的面具。

凌安的手從背後伸來，放下兩杯冰水，杯底撞擊桌面的聲音讓所有人回頭，「喝掉。」沙啞的嗓音像鈍刀般砸下來，不容商榷。

男人身旁的女人拉了他一下，他悻悻然地轉身離開，「這瘋子真的有病！」

人群散盡後，凌安扔給懷森一條毛巾，頭也不抬地說：「手抖成那樣，怎麼握粉筆？」

在淩安轉身離去的時候，懷森把口邊的一句抱歉，硬生生吞了下去。

＊＊＊

島上的街道只有幾間店舖仍亮著燈，遠方的碼頭有幾個釣魚的老人，一動不動地盯著水面。

懷森住的渡假屋位於山上，牆壁斑駁，推門時，海風掀起了畫架上的紙——一個少女的剪影。他拿起鉛筆，話音卻仍在腦袋迴盪——「活該出事」。

他不自覺地把筆鋒壓得太重，把紙劃破。

他丟下筆，走到牆邊，指尖滑過那面鋪滿紅線的剪報板。失蹤報道、尋人廣告、相片與學校名冊層層疊疊——正中央，是妹妹周雅兒的照片。錄影機仍在運轉，他倒帶至午夜的失蹤報道，來回播放，反復比對著畫面與那些女孩的臉，直到視線開始模糊。他揉了揉額角，腦中一片混亂——她們之間一定有甚麼連結，只是他還找不到那條線。

他皺起眉，走到浴室的藥架前，倒出三顆鎮靜劑，一口吞了下去。

＊＊＊

又回到那座荒廢的遊樂園。

懷森仰望，堡壘建築上的笑臉貓滑落，某處傳來一首支離破碎的嘉年華樂曲，還有幾聲孩子的笑聲。

他不記得自己甚麼時候進來的，手裡握著一張泛黃的入場票，票上的字跡已經模糊，卻依然可以看到「荔園」兩個字。

這不是他第一次來這裡。四周全是靜止的遊樂設施——旋轉木馬、摩天輪、叮叮船，只有那鬼屋上的巨大佈置——青綠的女鬼臉容在雨中忽明忽暗。

「快點……」

呢喃聲從四面八方滲透進來，像藏在風裡，貼在耳邊的低語。

他轉身，看見幾面哈哈鏡倒映出不同的影子，顏色淡得不像是真實存在的人。其中一面鏡子裡，有個身影筆直地站著——藍白間條衫，牛仔褲，熟悉的輪廓。他認出來了，鏡子裡是懷森——十七歲的自己，瘦削的背影緩緩轉過身來，直直地望著他。嘴唇微微張開，想要説些甚麼。懷森把耳朵貼近鏡子，卻只聽到意味不明的説話。

話音未落，少年身影瞬間消失。取而代之的是數個女孩——正是電視裡出現的失蹤女孩。她們的臉貼在鏡子上，張著口，瘋狂拍打著玻璃。懷森的手猛然揮出，狠狠砸向鏡面。

懷森猛然睜開眼。

喘息聲在房間裡格外清晰，白色紗簾，被午夜海風吹得微微飄動。

手腕傳來一陣麻痺的刺痛。懷森勉強抬起手，只見雙手被電線綁住，手腕上的皮膚勒出了深紅色的痕跡——那些在男童院留下的舊傷。

他動了動手指，血液緩慢地回流，刺麻感沿著神經線竄上手臂。這不是第一次，他知道自己會這樣醒來。

床頭的抽屜半開，露出裡面的剪刀——刀刃被他用膠帶纏住，以防他夢裡的手再次背叛自己。他解開電線，坐到床邊，低頭看著那些熟悉的血痕。這夜，有種莫可名狀的東西，把他埋藏得很深的傷痛翻動起來。

第三章

——「有些地方髒了，就永遠擦不淨。」

半睡半醒之間，已是陽光滿室。

鏡子裡映出懷森的臉，右眼佈滿血絲，左眼卻因舊傷瞳孔渙散。他低頭舀起冷水，狠狠往臉上潑去，拉下襯衫袖口，布料滑過手腕，蓋住腕上勒痕。

推門離開房間，微鹹的海風把他從混沌喚醒過來，他翻身上了腳踏車，雙腳熟練地踩動踏板，順著下坡路駛向學校。

幾年來，每一天都是這樣，路上的一草一木，他幾乎都能背誦。快到學校時，有甚麼不一樣的東西閃進視野。

校門口停著一輛警車。

懷森踩動的腳步輕微一頓，昨晚遺下的不安，正在被針尖輕輕挑破。

＊＊＊

校長室內，一老一少的警員打量著懷森，視線若有若無地掃過他像被灼燒變形的左耳。

懷森下意識避開他們的視線，他不喜歡與警員打交道，他掏出口袋裡的香煙，點燃的動作比平日慢了一點，煙霧像在空氣中設下一道無形的屏障。

年輕警員目光掃過他手腕上露出的勒痕：「那是甚麼回事？」

懷森的手停頓了一瞬，淡淡地說：「老毛病。」

「你曾在育才院待過，是嗎？」老警員把一份泛黃的檔案扔在桌面，角落貼著黑白照片，少年時期的懷森腦側綁著繃帶，「男童院待過的人，怎當上老師？」

「靠關係。」懷森微笑，右臉溫和，左臉卻僵著。

年老警員顯然不滿意懷森的回答：「林貞貞，昨日星期日早上離開家門，之後便失去聯絡。你知道她約了誰、要去哪裡嗎？」

懷森右臉微微扭曲，幾乎要脫口而出。如果林貞貞有危險的話，向警方坦白，大概可以儘快找出她的下落。

但他想起了林貞貞在圖書館的那句話。

懷森低下頭，輕聲回答：「不知道。」

年輕警員注視著懷森的僵硬的臉，試圖找出甚麼線索，見沒所得，又低頭翻閱資料：「你跟她很熟嗎？」

懷森停頓了一下，腦海裡閃過林貞貞安靜地坐在教室角落的模樣，還有那次她在圖書館——

那片撕開的領口下，肌膚幾近白得像她白色的髮箍，瀏海依然低垂，唯獨嘴角微微彎起。直至她的手指抬起，把瀏海別到耳後，他才看到，那幾乎說不清是危險，抑或挑逗的眼神。

但他只是輕輕地，把煙擱在煙灰缸邊緣磕了磕。

「嗯，她是安分的學生。」語氣幾乎沒有波瀾。

「我問你，你跟她很熟嗎？」年輕警員揚起聲線，一字一頓地說。年老警員頓了一頓，意味深長地看著懷森：「有學生說，你跟蹤過她。」

「我只是關心學生。」他們竟然懷疑起自己來了。

年老警員瞇起眼睛，「你的關心，是不是有點過頭了？」

懷森慢慢抬頭，視線穿過煙霧，目光有種接近疲倦的冰冷。

「你們方向錯了。」懷森續道：「那樣不會找到她。走個程序，向她身邊的人幾個問題，找不到線索，然後結案。」

「你這甚麼意思？」年輕警員的語氣明顯帶了火氣。

「如果這不只是單純的失蹤？」懷森俯身，盯著他們，「如果，這與其他失蹤少女有關？」

年長警員沉著臉，低聲道：「電視劇看多了。」

「我知道的是——」懷森掐滅煙，眼神沉靜：「如果你們按部就班地查，這些女孩八成不會回來。」

年老警員則緩緩開口：「你以為懂得比我們多？」

懷森垂下眼，他只知道，十年前也是這樣，沒有人相信，直到一切都太遲。

「我只知道，一開始錯過了，後面便甚麼也救不回來了。」

此時，年長警員的傳呼機響起，他看了一眼，湊近年輕警員，低聲交談，隨即站直身子：「今天到這裡吧。」

年輕警員合上筆記本，像蓋上了一份判決書。他伸手，從懷森指縫間抽走那根未燒盡的煙，把它按熄：「最好，別讓我們發現甚麼。」

＊＊＊

懷森並不否認對林貞貞有特別的關注。

最初，那關注的確出於教師的本能。

那是大半年前，懷森剛開始任教聖教書院中四甲班的時候，他第一次意識到——這個女孩，或許不像表面看起來那麼穩定。

＊＊＊

月考剛結束，正式課業稍作緩衝，許多學生心思早已飄到電影院、保齡球場、溜冰場去。

周懷森舉起一份《明報》，「上周的剪報作業，林貞貞選的這篇《從囚徒到社工：一個懺悔者的十年》寫得最好——」懷森把功課遞給學生傳閱，上有紅筆寫著評語『思想深刻』。

「嘩，是燒屍案那個童黨嗎？」同學接過剪報，在底下竊語。

懷森朗讀剪報：「十五歲的犯案者阿傑當時被判誤殺，判刑十年多後成為社工，專門幫助邊緣青年。」剪報下方的小標題，寫著：「我幫了一百個邊緣青年，仍不敢說被原諒；每次路過深水埗，還是會繞路走。」

一個男學生笑了一聲，語氣帶著些許輕蔑：「做社工工資比老師還高，裝甚麼偉大！」

懷森手指輕輕敲了黑板，打斷七嘴八舌的學生，發出提問：「你們覺得，阿傑繞路走，是因為怕被認出，還是甚麼？」

「當然是怕被打啦，」一個男生漫不經心地轉動原子筆，發出輕微的「喀嗒」聲，「燒屍案那個婆婆說，恨不得要兇手跪在靈堂三年。」

「林同學的功課有不同觀點，」懷森走近林貞貞的課桌：「似乎很有感觸？」

「他繞路……」貞貞站起來，整理一下頭上白色的髮箍，像在思考如何回答：「是因為發現，有些地方髒了，就永遠擦不淨。」

「所以你認為阿傑永遠無法還清他的罪嗎？」

「不，我只覺得……真正的贖罪，是記住自己『不配被原諒』，每天去活著，」林貞貞低下頭，瀏海下臉上的陰影更深：「否則道歉……只是作秀……或自我安慰。」

教室裡一陣靜默，有人偷瞄牆上的時鐘。

「法庭判他十年，但——」懷森把剪報對疊：「你們覺得，他這十年真的『服完刑』了嗎？」走到黑板前，用綠色粉筆寫上『贖罪』二字，粉塵簌簌落下：「有人說更深的審判，來自宗教，我說，還有來自社會、道德——」

「——還有他自己。」林貞貞站著，手指仍然輕輕捏著袖口，眼神專注，像是在審視著他，又像在審視自己。

那時，懷森忽然有種奇怪的錯覺——她比任何人，早就明白這些代價。

這堂課後，他開始關注她。後來社工提到，林貞貞的父親有長年家暴紀錄，但林貞貞隱藏得很好。

「老師，別再挖我的秘密了。」

這句話，從她口中說出的時候，帶著一種不像學生該有的沉穩，甚至有些警告的意味。

但有些東西無法忽視——圖書館的燈光、陰影，空氣裡隱隱的潮氣。

她靠近時的距離，她壓低聲音時的語氣，還有她那句話：「難道你沒有甚麼不想讓人知道的事？」

她在試探甚麼？

此後，懷森有意拉開兩人的距離。他開始避免在課後經過圖書館，與她的互動也變得機械冷淡，怕被她看穿甚麼。

偶爾見她和幾個同學擦身而過，她依然安靜，依然整齊，彷彿甚麼也沒發生過。

直至一個月前，那份若有似無的安靜被打破了。

下著大雨的早上，他在走廊盡頭見到她——衣服濕了，沾著泥濘，腿上還有擦傷的痕跡，走進課室的動作僵硬，像是在忍受強烈的痛楚，卻堅持不見校醫。

懷森沒有多問，只在放學後，遠遠地跟著她。

她不像平日那樣，與同學結伴往碼頭上船，而是繞路，走進校舍後的舊街區，再從巷子鑽進山路去。

第二天，第三天，依舊如此。或許是她發現了懷森的跟蹤，她走的路愈來愈偏，動作卻不再慌張，有一次，甚至在轉角停了一下，微微回頭，像是在確認甚麼，然後在某個轉角或梯間消失。

正當懷森想質問，一星期前，林貞貞主動走到他面前，把一張戲票遞給他。

「有些事，要當面跟你說。」

＊＊＊

懷森皺了皺眉，試圖甩開這些混亂的想法。他知道自己的過去。正因為知道，他一再警告自己不要逾越任何界線。

從校長室出來，懷森停下腳步，回頭看向四甲班的門。

林貞貞的座位就在窗邊，靠角落的位置。他一陣恍惚，彷彿她仍然坐在那裡。

他是否錯過了甚麼？

他決定要往林貞貞的家走一趟。

第四章

——「罪惡與贖罪，須由自己決定。」

中午時分，公共屋邨的平台裡，氣氛靜得異常。

懷森望向眼前的建築。屋邨的樓宇不高，七、八層而已。外牆斑駁，陽台掛滿晾曬的衣物和海味，樓下的佈告欄上貼著幾張皺巴巴的尋人啟事，還有一張泛黃的選舉海報。

「白沙、順風、海港、靜海、海鷗——」這些樓名都帶著對風平浪靜的期盼，唯獨「靜海樓」此刻顯得格外壓抑。

四樓的走廊空盪盪，只有一扇門虛掩著。門前擺著一個簡陋的「地主神位」，香爐裡的香灰堆積得很高，屋內傳來細碎的佛經誦念聲。

懷森輕按門鈴，門後沒有動靜。

隔了一會，綠色的舊布簾掀起了一角，露出一雙警惕的眼睛——林貞貞的母親。當她看清懷森的臉時，眼裡閃過一絲倦怠，迅速拉回布簾。

他按捺不住，不停拍門，在走廊惹起聲響：「林太，我是貞貞的班主任——」

門後沉默了一會兒，然後緩緩打開。林母沒看懷森一眼，隨即轉過身去，走到廳中央，蹲下來。屋內昏暗，仍可見地上是一堆玻璃碎片——被打碎了的啤酒瓶。

懷森把門掩上。客廳不大，神龕佔據了一角，牆上掛著數張發黃的漁網。

林母抬起頭來，右頰浮腫，嘴角裂開一條子，顯然是新傷。

「我去報警。」

林母垂下頭，低聲說道：「不用了，他們今早才來過。」

林母低頭，嘗試包著抹布收拾碎片，動作卻不俐落，劃破了自己，剛被掃進垃圾桶的碎片，又散落了一地。她轉過身，一股勁坐在沙發上，摸出一根煙，試圖點燃，火機卻不太靈光。

懷森走近為她點煙。火光閃了一瞬，那道裂痕和腫脹的顴骨更為清晰。懷森望著她，忽然明白了貞貞的獨立從何而來——眼前的林母是破碎的，只剩下對人生的厭倦。

或許平日都是貞貞在照顧她。

「他們說，母親總能感覺到孩子在想甚麼。」懷森的聲音低而緩。

「我不知道是真是假。」懷森仰起頭：「我很早便沒有母親了。」那個夏天，如果母親還在，會不會知道雅兒去了哪裡？

林母搖頭苦笑，臉上有種悵然若失，甚至有一種冷漠——相比起擔憂女兒的失蹤，更多是為自己的可憐身世感傷。

懷森走進貞貞的房間，房間整潔得像被刻意清理過。她的氣息，洗髮水的香氣、舊紙張的味道，似乎還殘留在空氣中。書架上的書，一本一本排列得精準，夾在被鑲起的獎狀之間。

他的視線掃過一本似被翻閱得最頻繁的書——《罪與罰》。

他的手指輕輕滑過書脊，停頓了一秒，翻開內頁，有螢光筆劃過的句子。

「罪惡與贖罪，必須由自己決定。」

最顯眼的位置，擺著一本泛黃的聖詩本。

「救恩堂？」右下角印著的字樣，顯然是她參與的教會。

「她以前每周都去，她從小有皮膚病，教友幫過忙。」林母走到床邊，嘗試整理本已經整齊的床鋪，手指摩挲著被單的邊緣，像是在尋找某種熟悉的安慰。

桌上相框的照片中，是不過幾歲的貞貞，穿著純白的病人服，坐在病床上，身形瘦弱，髮箍前的瀏海還未剪成嚴密的直線，但雙手已規矩地交疊在腿上，臉上沒有笑容。

懷森的指尖掠過相片，腦中閃過一個畫面：雅兒坐在病床上，她很安靜，沒有說話，只是靜靜地看著他。很久以前的「她」。

——不對，這是錯覺。他閉上眼，額角有些發脹。

懷森放下相框，手指輕輕地拉開抽屜，裡面有一本日程簿，封面微粗，明顯經常翻閱。懷森翻開內頁，一頁頁掃過。

5月14日——「下午二時，彌敦道戲院。」前幾頁卻被撕去了。

房門猛地推開。

林父的身影擋住了門口，不友善地瞪著懷森，像是有人闖入了他的領地。

懷森迅速把日程簿藏到在身後，背對著林母。林母的視線落在他手上，卻沒吭聲。

「我應該走了。」

林父聞言，臉色微微變化，像是想起了甚麼。他盯著懷森：「那通電話是你。」

懷森沒有回答，手指收緊在袖口之下：「你認錯人了。」喉頭一緊，他想過如實解釋——她邀約，我懷疑她出事了，只是想幫忙。但他知道，說法會讓他掉進漩渦裡。

警察會來；他會成為「最後一個她要見的人」，甚至被定義為與學生有特殊關係的老師。

林父上前一步：「我不會認錯，『林貞貞在家嗎？』你說一遍。」目光落在懷森的耳朵上——那塊畸形的疤，像是被火灼過的痕跡。

「不是他……」身後傳來林母微細的聲音：「……那天我也有接電話，對方聲音不是這樣的。」

林父皺起眉，有點不忿氣：「你手上拿的是甚麼？」他盯著懷森身後，語氣變得警覺。

懷森沒有回答，隨即轉身推門離開，腳步倉促，幾近逃跑。

「站住！」林父衝上前，被門框絆得差點跌倒；他抓起電話，「有人闖進我家——」

海風灌入走廊，香爐裡的煙緩緩飄散。

林母站在門口，看著懷森的背影逐消失在樓梯口，暗暗呢喃道：「去把她找回來。」

第五章

——「命數早定，盡頭在海。」

懷森緊握著從從林貞貞抽屜「拿」來的日程簿，走到淩記平日慣用的位置。他盯著那幾行字：

5月14日，下午二時，彌敦道戲院。還有那被撕去的幾頁，像一片刻意被挖走的空白。

他想起她那天的神情——在教員室門口，站得筆直，一手握著書包的背帶，一手拿著戲票：「老師，有些話，要當面和你說。」眼神清澈，幾乎沒有猶豫。

像是劇本中的一句台詞。這些痕跡，是不是……她故意留下來給警方看的？他是她最後一個要見的人？又是誰跟警方説跟蹤的事？

他從口袋裡掏出煙盒，想點煙，卻收回去，他需要清醒。

焚香的味道從街口飄進來。

他抬起頭，才發現夜色已沉，街邊的紙灰在空氣中翻飛。沿街的香冥爐裡，街坊默默焚燒紙紮祭品，隱約聽見遠處戲棚傳來的鑼鼓聲。

是盂蘭節，給孤魂野鬼做的節。傳説這一天鬼門關大開，遊魂在陽間徘徊。戲班子設壇唱戲，安撫那些沒人記得的死者。

懷森不信這一套，但看著這些紙灰與煙霧，他突然有點猶豫。那些女孩，會在人群看不見的地方，一直徘徊著嗎？

店內傳來一陣騷動。

幾頭瘦弱的流浪犬盤踞在一張桌邊，低吼，獠牙半露。

旁桌的女孩縮起雙腿，驚恐地躲進母親的懷裡。

懷森認出那同桌的人，正是前天對失蹤女孩侃侃而談那群男女。她的丈夫臉色鐵青，一時之間反應不過來。母親一手緊緊摟住孩子，一隻手顫抖地揮動桌上的筷子，試圖趕走狗堆。

「滾開！」像砂紙擦過生銹的鐵鍋底般砂啞的聲音，穿過大排檔。

凌安從廚房走出來，臉上還冒著蒸氣，手緊握著一根鐵枝，腳步重重地踏向前，鐵枝拖過地面，劃出和她嗓音一樣粗的磨擦聲。

幾頭流浪犬龜縮著身子，踉蹌後退，低嗚了一聲，然後四散逃入巷弄裡。

那一剎，懷森看著桌上的飯菜，想起以往深夜經過凌記時，偶爾在轉角巷子見到的畫面——旺財和其他流浪犬雀躍地聚攏在鐵碗前，冀盼地望著前方的少女。一頭微亂的大卷髮，襯著鮮亮的七彩短裙。她把剩飯倒進鐵碗裡，邊餵食，邊輕聲對著流浪犬說話。

那是凌安的妹妹，凌南。和姊姊不同，凌南有張娃娃臉，兩顆淚痣點在眼角下方，像故意畫錯似的，讓人忘不掉，身上有種不易察覺的脆弱與漂泊感。而她，已經很久沒有出現了。

懷森站起來，端起盤中的飯菜，朝流浪犬逃去的方向走去。幾頭流浪犬站在垃圾桶旁，警惕地盯著他，身後的大圓鐵碗積滿枯葉和污水。

這幾個月來，變化的不只是流浪犬的行為。餵飼牠們的凌南，已經有一段日子沒出現了。偶爾有街坊好奇問起妹妹凌南，凌安就笑著推說：「出遠門拍戲、學會賺錢了。」如果凌南有回來，不會把她心愛的流浪犬放下不理，至少，也會交代別人照顧。

難怪那天凌安神不守舍。凌南，已經失蹤多久了？

凌安站在門口，臉色發白，卻緊抿著嘴唇。

「別這樣看著我。」凌安聲音更顯沙啞，有著掩飾不住的倉促：「你這種人最會亂想——別又以為全世界都出事。」她在說謊：「她去拍戲了，真的。」

一個伙計靠近凌安，在她耳邊低語了幾句。

凌安微微皺眉：「找不到？」她問，伙計搖搖頭，遞出一張紅色紙條。

凌安打開，看了一眼，嘴角抽動，把紙揉成一團，丟進垃圾桶。

「為甚麼不報警？」懷森問。

凌安沒有回答，轉身回到櫃枱，裝作擦桌子，彷彿這個問題不曾被問出口。

「他們說，警方在找你。」她抬頭，語氣壓得很低：「說是和甚麼偷竊案有關。」

「你信嗎？」懷森摸摸口袋，像要確認日程簿仍在懷裡。

凌安目光落在他的臉上，與往常一樣，沒有過問，沒有一絲疑惑。

懷森彎腰，從垃圾桶裡撿起那張鮮紅的紙條，上寫著潦草的字跡——「命數早定，盡頭在海。」

凌安看著他手上的紙條，手指緊握著抹布，指節發白，像要將布料捏碎。

「走吧。」懷森把紙條對摺塞進口袋，「去找寫這句話的人。」

他走到巷口，遠處一台沒熄火的警車停在街角，兩名警員正靠著車窗說話，偶爾朝這邊張望。

「別走正門。」他領著凌安從廚房後的後巷離去。

＊＊＊

鑼聲與嗩吶聲從台上傳來，神功戲正在上演。

戲棚裡燈火通明，上方掛著彩色橫幅，以粉紅墨跡寫上「盂蘭勝會」四個大字。棚頂的帆布因夜風吹動，門口的攤販正在燒紙，見懷森和凌安走過，不約而同地望了他們一眼，然後低頭，口中喃喃自語。

「是那個神棍，把凌南弄得神經兮兮的。」凌安向戲棚後方走去，「大概四個月前，有次她工作提前回家……說是因為『有聲音叫她不要去』。」

戲台上，演員戴著厚重的鳳冠，手持法器，步伐沉穩地在戲台上遊走，伴隨著尖細的唱腔。

「她失蹤前的幾個月，一直吵著要去日本……」凌安逕自說：「她向來這樣，說走就走，有時一兩晚不回家，還試過搭上那種花言巧語的男模，拍完戲就跟人家跑。」她冷笑一聲，「那時她開心得很，我沒多問，只會嫌我嘮叨。」

她頓了頓：「所以這次，我也以為，她終於真的走成了，找她的……結果一直沒消息。」

「找她的……？」

「爸爸。」凌安欲言又止，「我們同母異父的爸爸。」

後台的燈光昏黃幽暗，胭脂味與霉味混雜，戲服散落在木椅上。最深處，一名老者正在替男孩化妝。他的手指修長而蒼白，輕輕為孩子畫上細長的眉毛，低聲呢喃：「眼角細一點，好讓你來世轉生個好人家。」

老者微微抬眼，像早就知道有人來訪，慢條斯理地收起畫筆，露出一抹淡淡的笑：「你們來了。」

男孩怯生生地站起，悄無聲息地走開。

老者整理著化妝桌上的粉盒，目光落在凌安身上。他抬起乾癟的手，像要確認甚麼般朝凌安的臉探去：「你命比你妹妹好。」聲音尖細無力，像是斷了弦了的古老樂器一樣：「遲了，救不了。」

凌安下意識地往後縮：「你少在這裡裝神弄鬼。」

「我很久以前，就警告過她。」老者歎了口氣，搖頭：「生死有命，她聽不進去。」

「她來過？」凌安的眼神變了。

「她最後一次來找我，問的不是未來，而是過去。」語氣輕飄飄的，卻帶著一絲無可挽回的意味。「我勸她，業由心起，要從心了，但她不肯聽。」

懷森聽得一陣煩躁，卻仍維持表面上的冷靜：「她到底去了哪裡？」

老者沒回答，反而轉身去慢慢整理桌上一掛粉撲和化妝刷，不知是拖延，還是聽不見。

懷森剛想再問，凌安已經接話：「你這種人，先說她有業障，再裝慈悲指她一條路，然後收錢，對吧？」

「因緣和合，她有自己的選擇。」

「她才幾歲？」凌安一字一頓：「你以為她真的知道自己在做甚麼？」

老者口袋裡拿出一張皺巴巴的紅條，在上面寫了一行字，「你們來得太遲，但……該知道的，總要知道。」

懷森低頭一看，一個離島巷弄的名字。

凌安的臉色驟變。

＊＊＊

凌安的腳步停在小巷盡頭，一間沒有招牌的老舊診所前——鐵門半掩，門框貼著已經乾涸的揮春，破爛發黑。旁邊擺著一排紅色塑膠椅，椅面覆著灰塵。

她站在診所前，像是被甚麼無形的東西扯住，目光直直地落在那扇門上。

「怎麼了？」

「定是他在嚇唬人……」她低聲說，聲音有些發顫：「她不會真的來過。」

懷森語氣平靜：「進去就知道了。」

凌安的手指緊握，呼吸紊亂了一瞬。

「我不想找了。」她忽然開口，語速很快，「這些都是騙子——騙錢的，凌記的伙計還等著我——」

懷森盯著她：「你現在才退縮？」

「我說了，她沒來過這裡！」凌安轉身想要離開。

「你只是不想相信，」懷森沉聲說道：「她有一個你不願知道的模樣。」

凌安的身體緊繃，猛地轉過身，紅著眼瞪著他。

「你根本不在乎她。」她的語氣發抖：「你這種人，只想證明自己沒錯。」

——這句話，戳中了懷森內心某處。

兩人之間的空氣陷入一種微妙的張力。

「現在不是談這些的時候。」

風從巷子裡灌進來，帶著潮濕的霉味。

「現在進去，或者還來得及改變未發生的。」

凌安望著門口，像在與某種無形的力量對峙。

懷森正要推門，凌安卻搶先一步，彷彿帶著某種破釜沉舟的決絕，往懸崖邊走去。

＊＊＊

濃烈的中藥氣味撲鼻而來，更深處，一張金屬手術床立在角落，上方的老式診療燈，積滿了飛蛾與灰塵。女人坐在櫃檯後，穿著一件染著藥渣的白大褂，目光懶散地看著他們，像打量著一宗談不上值錢的交易。

「明天請早。」語氣像趕蒼蠅一樣漫不經心。

「我們不是來看診的。」

女人挑眉，轉而打量他們：「那就更沒甚麼好談的了。」

兩人表明來意。

遠處老舊收音機，播放粵語廣播劇，隱約聽到悲情女聲。

女人本來還想打發兩人，見兩人不願離去，懶洋洋地伸手進入櫃子裡，翻出一疊皺巴巴的鈔票，啪地一聲丟在桌上：「她來過，但最終沒做。」

凌安盯著那些皺巴巴的鈔票，猶豫了一下，用指尖一點一點抹過鈔票面，像是想看清，它曾經被誰的手握過。她的嘴唇微開，最後卻只是沉默地把鈔票放回去。

懷森別過頭，他仍習慣性地想要追問，卻只覺手腕上的勒痕發熱，隱隱刺痛。

女人彈了彈煙灰，「我們做的陰質事多，不欠人。」

懷森不發一語，輕輕拍了拍凌安的肩。

＊＊＊

晨早離島的空氣清澈稀薄，天空泛著淡橙色的晨光。淩安一踏進家門，像要甩開所有跟來的東西似的，快步走進房間，打開燈。

房內擺著一張上下格床，靠牆貼滿了日文明星海報，大部份已經捲曲泛黃。

懷森只想確認她安好。

淩安走到床邊，把枕頭拍平，粗暴地把散落的衣服折疊起來，像某種自我麻痺的儀式，正在試圖恢復正常。「等她回來……」淩安忽然抓起淩南的枕頭砸向牆壁，平日沙啞的嗓子卻哽住：「我要用鐵鍋敲她的頭……」

地上散落著許多紙張——日文書籍、少女雜誌、被翻得老舊的旅遊指南，還有幾張散落的劇本草稿。

淩安的動作比平常更快，手卻不住抖動，一個水杯從桌邊翻落，裡頭的水嘩啦一聲灑在地上，濺濕了散落的劇本紙張。

「淩安。」懷森開口叫她的名字，語氣比他想像中來得輕。

淩安止住，怔怔地看著桌面，終於意識到自己做了甚麼。她低下頭，看著劇本紙張上暈開的筆跡。

懷森沒有説話，默默拾起地上的劇本，用紙巾輕輕印拭。

她捂住臉，發出一聲極低沉的哽咽。「她不會回來了……對吧？」晨光透過窗戶，照出她眼眶上的淚。

十年前，懷森也是這樣問自己。他不記得自己是怎樣捱過來的——天還沒亮，他便繞著男童院跑步，繞著沒甦醒的世界，一圈一圈，直至黃昏，直至身體不屬於自己。他相信，只要跑得快，就不會被悲傷追上。

懷森不懂如何安慰人，只能沉默地收拾著地上散落的東西，等待淩安把淚水流盡。

在凌亂的紙堆中，他的目光忽然停在一張樂譜上——黑白的五線譜，頂端寫著《贖罪之泉》，右下角還標著「救恩堂」三個小字。

他見過這張樂譜。在林貞貞的房間裡。

救恩堂、病院……不可能是巧合。這些碎片般的線索，在他腦海中無聲交織，如同一張隱形的網。

凌南和林貞貞之間，一定存在某種聯繫。

他低頭凝視著樂譜，又抬眼看向仍在平復情緒的凌安。她的視線落在地上的雜物之間，彷彿透過那些散落的筆記、雜誌和劇本，窺見了妹妹曾經的痕跡。

懷森攥緊樂譜，聲音低沉卻堅定：「我們去把她們找回來。」

第二部

第六章

──「地牢沒有風，也沒有時間，只有砂紙的沙沙聲──和她還存活的心跳。」

「它們要被送到哪裡？」站在母親身旁的男孩皺眉，望向唐強。

樂園門前，幾個籠子已經被抬上貨車，長頸鹿、豹、孔雀依次被送往不知名處。羚羊在籠內躁動，蹄子敲擊木板，發出沉悶的聲音。

「被送到更好的地方。」唐強笑了笑，嘴角有些僵硬。他的臉佈滿棕色的斑點，像被揉皺的紙皮，微曲的脊背，加上瘸了條腿，看起來比實際年紀更老。

這一天，來送別動物的人，比來樂園遊玩的遊客還多。「人人有獎，永不落空」的錄音帶仍在園內循環播放，音調有些走音。

樂園老了。從前，這裡是最熱鬧的地方。五十年代開幕那天，他站在人潮之中，目睹金紅色的摩天輪緩緩轉動，孩子們騎在父親肩上，指著天際尖叫。

現在，老舊的摩天輪靜止不動，鏽蝕的鐵皮被風輕輕一吹，發出刺耳的尖叫聲。綠褐色的恐龍屋仍矗立著，眼珠卻蒙上蜘蛛網，到處佈滿水漬，煙蒂，甚至有排泄物的氣味。

和他一樣，早早該被淘汰。

唐強提起木箱，向男孩揮手道別，一拐一拐地走向籠中的羚羊。它們稍稍安靜了一些，隨著他靠近，鼻翼顫動。他從口袋裡取出一把草，羚羊乖順地走近，輕輕舔舐草葉，毫無防備，他伸手，指尖觸碰牠細軟的耳朵。

鐵籠的另一端，幾隻猴子發狂似地拍打欄杆，發出尖銳的吼叫聲。牠們爭搶、推擠，長長的手臂揮舞著，亂成一團。唐強的眼神冷了下來，只覺這些聲音，像極了那些人——在街市爭吵的商販，飯桌上粗聲大笑的工人，酒吧裡吼叫發酒瘋的人。醜陋、吵雜，貪得無厭。

他轉身專注於那頭羚羊，這樣的孩子，才值得留下。

送走最後一批動物後，唐強走向暫停開放的旋轉木馬。他一匹匹檢視，那些曾經鮮豔的木馬，如今身上佈滿裂痕。

他記得，自己本來也有夢想。那年他才十四歲，在街頭賣麵粉公仔為生。手裡的細小雕像，孩子們愛不釋手。

「兄弟，你這手藝不錯啊。」還記得那個男人，笑著拍他的肩：「我認識一個搞藝術的大老闆，他要找人去法國學雕塑。」

他信了，然後積蓄全沒了。世界也不留他，最後是樂園收留了他。

「蠟像館要人，會不會雕塑？」

「會。」

「那你來幫忙補漆吧。」

後來，他幾乎做過樂園裡的每一份工作，他曾以為自己會學藝，結果只是在打雜。最後，他只是那個維修木馬、清理動物糞便、住在地牢裡的雜工。

白馬是最常壞的，因為孩子們總是最喜歡它，唐強伸出手，輕輕摸過白馬的鼻子，指尖滑過那層剝落的油漆。

「還差一點。」他低聲說，拿起畫筆，耐心地將顏料填補上去。這樣才好看，才不會讓人害怕，小孩子不喜歡破損的東西。

收拾好工具，順著樂園的小路慢慢走到射擊攤位，這裡的設施更殘舊，比起樂園其他地方，人煙罕至。

「砰！」一聲清脆的槍響，牛仔蠟像舉起雙手，向後仰去。幾個小孩在一旁拍手叫好，父親興奮地笑著，拿著獵槍，準備再來一發。

「砰！」瑪麗蓮夢露造型的蠟像，白色裙子被風吹起，裙擺飄揚。固定的動作、表情和結局。無論被擊中多少次，還是會回到原本的姿態，等待下一個遊戲的開始。唐強覺得這很好，不會出錯。

父親帶著孩子轉身離開，小孩仍沉浸在擊中目標的快感中，不停地比劃開槍的姿勢。

唐強走向射擊攤位旁，通往地牢的樓梯。這條樓梯，他每天都會走過，日日夜夜，多少年來都是這樣。白天，偶爾聽見「砰——砰——」的聲音。

晚上，當所有聲音靜止，當沒有人再開槍，沒有人再歡呼的時候——

就只剩下他，和他的蠟像們了。

＊＊＊

「這是爸爸給南的。」

從媽媽手上接過月餅，女孩坐在碼頭石壆，看著男人走向貨船。他回頭與自己揮手道別，夕陽落在海面上，他的輪廓變成剪影，像是被時間吞沒了一樣。

她從來沒有真正看清過爸爸的臉。

「爸爸會去很遠的地方嗎？」女孩問。

「嗯，日本。」媽媽輕輕摸著她一頭微卷的黑髮，給予安慰。

「那我可以去嗎？」

媽媽沒回答，只是讓她坐好，陪著她看貨船駛離碼頭，直到輪廓變得模糊不清，那是她最後一次見到爸爸。

＊＊＊

淩南睜開眼，牆壁上貼滿密密麻麻的符咒，黃底紅字，還有幾個乾裂的葫蘆垂掛著。她知道這是甚麼——用來封印鬼魂的物品。

被汗水沾濕、赤裸的身體感到一陣寒意。

她的四周，是一具具「人」。「女孩」們坐著、站著，推著嬰兒車，各自擺出嬉戲的姿態，臉上掛著微笑，皮膚蠟黃。

胃裡一陣翻騰，她忍不住想吐，猛然想起剛才的夢境，眼淚不由自主地流下來。

那是她四、五歲時，最後一次見到爸爸的景象。長大後，她開始寫信給他，分享她的願望：以後要去日本找他。從沒收到回信，但她堅信有一天，爸爸會看到她的名字——在日本電影院的大銀幕上，讓爸爸看到她。

「總有一天，你會漂洋過海。」老者的話成了她一直以來的信念。

那一年，她在飄色巡遊中當天女。她坐在高高的飄色架上，腳踩不到地，身上穿著白色的天女服，額頭被貼上金箔，唇上塗著鮮紅。老者半蹲在她面前，拿著小刷子，輕輕替她點上胭紅，眼睛在皺紋裡笑成一道縫。

「這不是注定要當明星的嗎？」

凌南聽見這話，睜大眼睛，看著鏡子裡的自己，那兩顆淚痣總是先跳進視線裡，別人說那是哭痣，可是她很少哭。

「總有一天，你會漂洋過海。」老者停下手上的筆刷，意味深長地說：「去很遠的地方，被很多人看見。」

她還記得當時的陽光落在自己身上，身後的鑼鼓聲響徹街頭，人們在看她，而她在看天空。那一刻，她想：「我會去日本，爸爸終會看到我。」

這裡不是終點。

唐強的腳步聲靠近，淩南不由自主地顫抖，縮到角落，像一頭受驚的小動物，竭力挪動身子躲到角落之中。他放下飯盒，解開她手上的綑索。

他的目光在她臉上停留了一瞬，指尖輕輕擦過她的淚痣——那兩點深褐色的小痕，「果然是你。」像找回一件遺失了多年的寶貝。

她低頭，看著裡面殘破的飯菜，雖沒有胃口，卻像機械地把殘渣吞進去。

她開始察覺一件詭異的事實：他沒有殺她。

「飽了？」唐強的聲音從不遠處傳來，他正在一張長桌前整理甚麼，動作很緩慢。

凌南集中精神視線，掃過桌面，瞳孔微微收縮——桌子上擺滿了毛巾、玻璃瓶、雕刻刀、刷子，還有幾個小型的放大鏡，像專業的工作室。

唐強終於抬起頭：「別怕，開始的時候，大家都會掙扎。」他一邊說著，一邊戴上白色手套，指腹輕輕摩擦掌心，像在適應這層布料的觸感。

「但等你習慣了，你會發現這裡很好。」

角落是一座白色的石膏像，約五呎高，身形與她相仿。雕刻的線條已然確立，五官卻仍然模糊。他不殺她，因為他還沒完成。

黑暗中，唐強哼著歌，輕快、和緩，像是一個剛吃飽飯的老人，哼著自己年輕時聽過的旋律。他走到角落，拉開櫃門，從裡面拿出一塊甚麼東西，輕輕攤開，那東西很薄，邊緣乾裂，像老舊的布料。

凌南的視線模糊了一秒，焦距重新凝聚，才發現「布料」上的紋路，像是毛孔、像是血管——那是一張人皮。

他把人皮放在桌上，端詳一會兒，然後回頭看她，一邊比對甚麼，一邊低聲嘟囔了一句，拿起雕刻刀，開始修正雕像。

「還差一點。」他的語氣輕柔，像在對真正的孩子說話。

凌南別過頭，開始嘔吐。嘔吐物流到地面，濺在她膝蓋上。

唐強走到她面前蹲下。凌南不敢看他，但她感覺到他的目光落在她臉上，紙巾擦過她的嘴角，指節粗糙，力道卻極其溫柔，像父親替小孩擦去髒污。他小心翼翼替她把凌亂的髮絲梳理到耳後，然後滿意地看著她，像欣賞一件剛完成的藝術品。

地牢裡很安靜，只有砂紙摩擦的「沙沙」聲，還有鎢絲燈微弱的嗡鳴，其他的聲音都被吞噬了。這裡沒有風，也沒有時間的流動，只有靜止的標本，和她還存活的心跳聲。

凌南她不知道過了多久，眼皮愈來愈沉重，意識開始模糊，昏倒過去。

醒來四周依舊一片漆黑，月光從細小的氣窗透進來。凌南閉上眼，默念主禱文，又頌念佛經，把所有經文都說了一遍，祈求上天能夠讓她活下去。

她害怕死亡，但不害怕黑暗。她曾經在這裡掙扎，尋找生路。十年前，她成功過一次。她相信一定可以再逃出去。

她微微挪動身子，往角落的桌子靠近，屏住呼吸，輕輕移動桌腳。生鏽的桌腳發出「滋滋」的聲音，她的心臟快要跳出來。

她向自己許下誓言——為了腹中的骨肉，為了還沒見過的爸爸，一定要活著回去。她的血液開始加速流動，腦袋慢慢清醒過來。

她可以活下去，一定可以。

第七章

「林貞貞。」懷森低聲說，撿起地上的樂譜，遞給凌安：「我的學生。昨天在她家，看到一模一樣的東西。」

兩人把凌南的物事整理好，放進紙箱，到救恩堂前先到懷森家去。

「凌南是在樂園失蹤的？」這兩個字對懷森來說，有特別的重量。

凌安頓了一下，「她失蹤前在那裡拍戲，感到不適說要提前回家…………之後就沒再出現。」

樂園，雅兒失蹤的地點。

街道尚未完全甦醒，報紙檔前幾個街坊在低聲交談，記者蹲守在某個店門口，手裡的錄音筆時不時被按下，像是在等待甚麼人出來受訪。

「記者嗅到新聞比狗還靈。」凌安翻了個白眼，喉間發出一聲粗啞的冷笑。「問的全都狗屁不通的：『你妹妹是否欠債？』『被包養了嗎？』」

「他們要試探你的反應。」

她的腳步加快，語氣透著壓抑的怒意：「他們根本不關心人，他們只想要個新聞點，讓報紙更好賣。」

懷森側目，觀察著她的側臉，她看似不在乎，事實上卻有滿腔的怒火。

「你有去樂園看過嗎？」

凌安的腳步稍頓，「派過人去問過了，沒有人目擊她離開。」

「除了那些聲音，她失蹤前，還有沒有異常舉動？」

林中的蟬聲一陣更勝一陣。

「很多事，我是直到她失蹤以後，才明白多一點。」凌安幽幽的說，聲音像砂紙磨過舊錄音帶。

懷森明白這種感受，喘著氣沒有回應，捧著厚重的紙箱，一步步走上山。

「你有兄弟姊妹嗎？」凌安忽然問。

懷森的步伐微不可察地頓了一下。落葉翻滾，窸窸窣窣的聲音像是在提醒他甚麼。他沒有回頭，彷彿凌安剛才的話根本不曾存在。

「如果有，便會理解。」凌安喃喃道：「有時候，我覺得她活得比我更真實。」凌安垂下眼，視線落在地面。「一直以來，我幾乎沒有時間陪她，她像野孩子在島上長大，我怕她學壞，對她只有嚴厲。」

凌南十歲那年，凌安剛下班，推開房門，一股刺鼻的騷臭味撲面而來。翻遍房間，發現氣味來自凌南的床。凌南假裝睡著，縮在棉被底下，一動不動。她扯開被子，黑影竄出。那隻唐狗渾身髒兮兮，瘦骨嶙峋，蜷縮在床角，警惕地盯著她。

凌南緊抱著狗，顫抖著：「它只有我。」

那時候，凌母剛被診斷出失智症。凌安無暇思考，幾乎是立刻做出了決定，晚上悄悄送走了狗。「聽來是小事，但我就是那麼差勁的姊姊。」

後來，凌南對著海報練習簽名，用原子筆在海報上加上淚痣，對著鏡子比對。她從來不是一個會主動爭取的人，卻在拍廣告這件事上，表現出異常的執著。

「不去就沒機會。」凌南的語氣堅定，像是在陳述一個不容爭辯的事實。

「你只是個中學生。」

凌南低頭整理化妝袋，避開她的目光：「反正我不是讀書的材料。」

「你就這麼急著離開？」凌安的聲音壓低了一點。

「這不是離開，這是開始。」她終於抬起頭，直視著凌安，眼底只有一種讓凌安陌生的成熟，「你從來沒問過我想要甚麼。」

——那是她最後一次試圖改變凌南的決定。

之後，凌安再也沒有過問，她想，至少這個夢想是安全的，這一次，她不再剝奪她的選擇。

直到，凌南消失了，她才發現那一箱日文信件。

「我以為是筆友，和她的失蹤有關，拿去找人翻譯。」凌安冷笑一聲：「結果全部都是寫給她爸的。」

「郵局把信全退回來了。」凌安的語氣淡淡的：「地址早就沒用了，或者，他根本不想被找到。」

「不管她的爸爸是誰，她是我妹妹。」她垂下眼，聲音低得像是對自己說。

妹妹出生的那天，她以為自己會討厭她。可當她看見母親懷裡的嬰孩，白白嫩嫩的，像剛出爐的饅頭，寧靜，柔軟，快樂。她忽然明白，這個世界，變得不一樣了。

懷森站在她身側，靜靜地聽完這一切，他不想給出廉價的回答。

＊＊＊

當鑰匙插入鎖孔時，懷森的手指頓了一下——門鎖的金屬邊緣有一道新鮮的刮痕，他推開門，蹲下身，從門縫拾起一條紅絲線。

凌安跟著懷森進了屋，掃視四周，房內簡單得像可以隨時搬走的渡假屋，沒有沙發和裝飾，最搶眼的是牆上那面滿佈紅線與剪報板，窗邊立著被白布覆蓋的畫架。

她低頭，看見地上的幾本書，書脊磨損得厲害，封面仍隱約可見：《夢的解析》、《人像掃描基本》。凌安納悶。相比她家的食譜，這裡只有冰冷的理論。

懷森把紙箱放在角落，翻閱裡面的文件，裡頭有一疊淡紫色的信紙，字跡細緻，帶著童氣。他從散落的文件中抽出樂譜，釘在剪報板中央，渾然忘了她的存在。

凌安轉身望向那面剪報牆。報章、舊相、學校名冊交錯，四周以紅筆標示失蹤日期與地點。

「你很關心這些案件？」

「老師的責任。」懷森語氣平穩，眼神卻沒離開那張照片。

凌安盯著牆，剪報日期橫跨數年，線索圖畫得像在辦案，讓她不得不把心中疑問說出口：「所以……為甚麼警方會懷疑你？」

懷森只是站在那裡，像石像一樣。

「你不會是臥底吧？」凌安忽爾想起電影裡臥底潛進學校的情節。

「街坊還說，島上有水鬼半夜拉人落海，你要不要去查一查？」

凌安嘟囔了一句，「水鬼倒沒你詭異。」她盯著懷森半晌，像是在試圖從他的臉上讀出甚麼，卻看不出來。

凌安走到窗邊，漫不經心地掀開畫布。

畫布剛被掀開，懷森轉身，「只是幅未完成的肖像畫……畫得太像活人，看著不舒服。」把白布重新蓋上：「有時候，不知道那麼多，會更好。」

懷森說完，拿起那本封面磨損的《夢的解析》，封底卻是一個藏書盒。他將林貞貞的日程簿塞入其中，合上書盒，放回原位，然後才拿起外套，從袖口抽出一條紅絲，繞纏在門縫上，「走吧。」

凌安目光掠過他的鞋尖，看了一眼那幅被白布覆蓋的畫像，還有那面滿佈少女臉孔的剪報牆，心裡泛起說不清的不安。

＊＊＊

救恩堂並非有規模的教會，隱身於彌敦道一棟舊式商業大廈內。大廈水牌有些泛黃，其他單位是賓館、美容院、旅行社、診所，各種小型機構雜亂共存，與外面熙來攘往的大道隔絕。

教會位於走廊盡頭，門外懸著一個閃爍不定的十字架燈箱。

「不對勁。」凌安用指節叩了叩燈箱，沙礫般的聲音在走廊顯得格外響耳：「南雖然……神神怪怪，但絕對不會信這些東西。」

懷森按了門鈴，無人回應。他側耳貼近，隱約聽到裡頭傳來聖詩音樂，於是再度按響。

頃刻，木門開了一條縫，門軸發出低沉的吱呀聲。門後站著一名穿深色風衣的中年男子，衣領立起，掛著一抹不自然的微笑。

「我們在進行崇拜。」男子上下打量懷森，作勢要關門。

凌安突然橫插一步，皮鞋卡住門縫。她比男子矮了半個頭，微微仰頭卻像發號施令一樣。「正好，我們就是來聽佈道的。」

男子勉強地側身讓開，兩人踏入玄關，牆邊立著一個透明的捐款箱，內部空盪盪的。

男人沒有理會兩人，自顧自地走向內堂。門內，聖詩聲低沉悠長。

懷森與淩安交換了一個眼神，隨即跟上。

內堂比玄關更加昏暗，窗簾緊閉，僅有幾支蠟燭搖曳在小型祭壇上。牆上釘著十字架，陰影投射在幾個信徒瘦削的背影上。雙手交疊，低聲祈禱，沒有人留意懷森與淩安的到來。

站在祭壇前的，是一名黑袍神父，身材微胖，皮膚泛著油光，額角滲出細密的汗珠。

懷森注意到，他的黑袍鑲著金絲，與這間寒酸的教堂格格不入。

他的思緒開始飛轉，想起失蹤少女們的背景、時間與最後出現的地點——所有一切似乎分成兩條線索。其他少女的住處與最後出現的地點散落在城市各處，似乎是隨機的；而林貞貞與淩南，則被「救恩堂」連結起來。這兩人的行蹤，與妹妹的消失，也似乎有某種隱約的重疊。

思緒未竟，音樂戛然而止，崇拜結束。懷森與淩安走到神父跟前，拿出林貞貞和淩南的照片，說明來意。

神父微微一笑，臉上的肥肉隨之微顫，「孩子們，很抱歉，你也看到，我們這裡是小型教會，缺乏人手，來往信徒並無詳細紀錄。」他的語氣帶著機械化的儀式感，像是在背誦一般。

「少放屁。」凌安盯著他，眼底透著懷疑：「她們的確來過，又失蹤了。」

神父雙手合十，眼皮半闔，語氣依舊溫和：「上帝會指引她們回家。」

懷森從懷裡掏出相片，嘴角因憤怒而抽動，左臉卻像被無形的手拉扯著：「你看清楚，兩個！兩個女孩都來過這裡，之後都失蹤了？難道你不關心？」

神父額上汗水更甚，「我只是個上帝的僕人，她們來贖罪……」

懷森再也聽不下去，走進內堂盡頭，猛地推開通往另一扇房間的門。

只見一間簡陋的辦公室——懷森像是闖進戰場的人，把書架上的舊書，唱詩本掃落在地，又一個接一個地打開抽屜，把裡頭的物事翻將出來，卻不是聖經，而是一疊一疊用紅紙包著的現金。

「住手！你不可碰那些！那都是奉獻！」神父衝了進來，臉上的慌張崩潰成怒意，舉手想搶回現金。

懷森一把抓住神父的衣領，把他拉到祭壇處，按在桌上，蠟燭滾落，燭油濺在桌邊，火星點燃一小簇破布，整張臉因憤怒而扭曲。

一名信徒尖叫起來，「這是聖地！不可動粗！」

「她們還是孩子，你他媽有沒有聽清楚？」他幾乎要動手，拳頭已經緊握：「你們不是應該救她們嗎？還是你根本就是幫兇？」

神父眼神驟然變得瘋狂，舉起雙手，像在台上向眾人佈道，聲音顫抖又尖銳：「她們的罪，連上帝也救不了！」

那瞬間，整個教堂都靜止了。

凌安快步上前，一把拉住懷森的手臂：「冷靜點！」

懷森幾乎甩開她：「他知道的！他們知道的！」

一陣細小的啜泣聲從內堂角落傳來。一個縮在牆邊的小孩，踟躕地靠近，盯著他那壞掉的臉幾秒，才輕輕拉住他的手，叫他別打神父，另一隻手緊緊握著一個紅色繩結。

凌安蹲下身，放柔沙啞的聲線：「這是誰給你的？」

小孩吸了吸鼻子，「那個姐姐……她說她做錯事了，有天要回去……以前生病住的地方。」

「哪裡？」

小孩想了想：「708號房。」

懷森一震——瑪烈醫院，708號房。林貞貞和凌南的病房，也是他妹妹最後住過的病房。

第八章

——「如果自己是骯髒的棉絮，那麼林貞貞呢？」

黑暗中，淩南縮在牆角，背部抵著冰冷的水泥，水聲滴答響著，記憶從縫隙間滲出。

那是數星期前，與貞貞重逢的下午。

＊＊＊

凌南駐足在醫院樓下的報紙攤檔，挑了一本封面相對沒那麼腥羶的娛樂雜誌，又向攤主要了一個小小的果籃，正要離開時，她再看了手袋裡的那封來自日本的信，信封上貼著異國郵票，邊角微微捲起，紅色印戳仍舊鮮明。

「日本的四季很美，這裡雪會把一切染白。如果你還想見爸爸，就來這裡。」語氣不親密，甚至有些客氣，像是在寫給一個多年不見的舊友。但凌南反復讀了幾次，仍然止不住心跳加快。她的指尖不自覺收緊，像是要從這幾行字裡擠出答案。

這是另一條路嗎？

她的視線落在自己的腹部，手掌輕輕蓋在上方。

醫院的大門推開，一陣熟悉的消毒水氣味撲鼻而來，口中一陣苦澀的味道。電梯內，她湊近鏡子，仔細審視自己的臉色——即使上了妝，眼底的疲憊仍無法掩蓋。她把大卷曲的頭髮往後掠，撫平衣角，試圖讓自己看起來不那麼狼狽。

她從包裡拿出口紅，按壓唇瓣，這動作給了她一種安定感，彷彿只要顏色夠飽滿，疲憊就不會洩露出來。

就在這時——水聲，滴答。

她的呼吸停滯了一瞬。電梯內沒有水龍頭，她不動聲色地看向地板，乾燥的瓷磚映著她的鞋尖，沒有任何水漬。可那聲音，仍然存在。電梯的指示燈從「二」、跳到「三」，她卻從倒影中，看到了一個模糊的影子，像是一個女孩。

她不敢回頭，脖頸泛起細微的顫慄感，她閉上眼睛。

電梯抵達七樓，梯門緩緩打開，牆上的小丑壁畫，看起來不再如記憶中那樣巨大，但仍讓她心底泛起一絲寒意，她移開視線，選擇不去直視它。

兒童病房門口的字報映入眼簾——「救恩堂籌款活動」。病房裡站滿了人，擁擠得讓她有些喘不過氣。醫生、護士，還有從四面八方趕來的人，稚嫩的孩童，剛下班的白領青年，他們雙手合十，低垂著頭，臉上帶著虔誠與悲傷交織的神情。

病床前，林貞貞雙手緊扣，跪地祈禱，白色髮帶將她的馬尾束得完美，低頭時，瀏海維持著精緻的弧度，聲音平穩而篤定：「我們在天上的父，願你的國來臨⋯⋯」

凌南一眼認出了林貞貞。

曾經瘦小內斂的女孩，如今卻帶著一種穩定得無法撼動的氣場。她的臉色仍舊蒼白，但那並非病態。這就是現在的她嗎？那個曾經躲在自己身後、不敢大聲説話的女孩，真的變成這樣了？

凌南站在病房門口，沒有立刻走近，心裡有一種説不清的不適應。

病床上的呂姑娘，卻蒼老得讓她幾乎認不出來。曾經朝氣蓬勃、鼓勵孩子們堅強的呂姑娘，如今眼窩凹陷，毛髮脱落，像被時間侵蝕後的布料，一碰就會碎裂。

但她的嘴角，依舊帶著淺淺的笑意——這是凌南最無法直視的部份。從小至大，呂姑娘幾乎是她唯一認為沒有黑暗面的人，就像晾曬在太陽底下，純白柔和的棉被一樣。在呂姑娘面前，自己像沾滿了髒水的棉絮一樣。

祈禱結束，眾人陸續離開。

林貞貞站起來，轉過頭的瞬間，她的目光穿過人群，直接落在凌南身上。

凌南用力攥住手袋的肩帶，剛想側過頭，卻見貞貞已經向她走來，步伐穩定，臉上掛著義工隊長般的微笑。

「你來了。」

她握住凌南的手，力道自然而不容拒絕，輕輕將她拉近病床：「她總嚷著要見你。」

凌南抿唇，沒有反抗。

病床上的呂姑娘依舊閉著眼，呼吸平穩，凌南感覺她比幾分鐘前更加遙遠，幾乎只剩下一個微弱的輪廓。

「她等你好久了。」林貞貞說。

凌南再次看向林貞貞。十年過去，她已經長成了眾人眼中的「好人」，模範生，義工領袖，甚至在病房裡領禱。她的語氣平穩而溫柔，像經過計算的重量，剛剛好讓人信服。

可是，真的有這麼簡單嗎？

這不是「變強了」，這是「太完美了」。像是所有情緒都被磨平，像是她早已經決定好自己該是甚麼樣子，話語和動作都有著精確的分寸。

她們曾經一起站在那個病房裡，看著那些孩子離開，看著呂姑娘一次次安撫病童，卻無法將他們帶回來。凌南還記得，她自己是怎麼在這十年間逃避、沉淪、嘗試忘記一切的。

如果自己是骯髒的棉絮，那麼林貞貞……呢？

「貞貞……」凌南靠近到貞貞的耳邊：「你信死後有靈魂嗎？」

貞貞停了一下，然後微微一笑：「怎麼突然問這個？」她瀏海下的笑容依舊溫柔，卻沒有回答這個問題。

凌南朝門口看了一眼，確保沒有人偷聽，才繼續説：「鬼。」她的聲音壓得極低，像是怕驚動了甚麼東西。

林貞貞的瀏海忽然垂得更低了，只露出下半張臉：「南，你沒事吧？」

「我在片場看到她了。」

貞貞的神情沒有變，卻像是有甚麼東西從眼底晃了一下。

「你需要休息。」她打量著凌南的臉，像責怪她把自己弄得那麼疲憊。

「就坐在天花的吊燈上，一直看著我。」凌南輕輕説道：「她不會原諒我們。想不到她連呂姑娘也不放過……」

「別說了。」

「貞貞，你聽不懂嗎？我真的看到她了！」凌南忽然握住貞貞的手。

「南。」貞貞的手反握住她，像安撫，又像遏止：「我替你祈禱。」

話像一堵牆，將一切都擋在門外。

凌南手指微微顫抖，忽然笑了，像聽見了荒謬的笑話：「你要替我祈禱？」她的聲音輕飄飄的，嘴角勉強扯出一抹弧度：「你覺得這樣有用嗎？」

「我們騙得了她，騙不了上帝。」她的笑意很快褪去，換上一種無法言說的疲憊：「騙得了上帝，騙得過自己嗎？」

林貞貞臉色一沉，嘴唇微動，剛想開口，病床上傳來一陣微弱的聲音，呂姑娘的眼皮顫了顫，微微睜開眼。林貞貞急忙往外走，叫醫生前來查看呂姑娘的情況。

呂姑娘的眼睛微微張開，疲倦卻帶著笑意：「你來了。」

凌南的喉嚨像被堵住一樣，想說的話全都被壓回了心底。呂姑娘仍然記得她，仍然當她是當年那個哭著要糖果的孩子。

凌南把床架弄好，緊張地握緊呂姑娘的手。

「來，幫我拿一下床頭櫃裡的東西。」

凌南打開櫃子，看見幾張自己的廣告照片，還有一支黑色的雙頭筆。

「怎麼，還怕我求你簽名啊？」呂姑娘虛弱地笑。

凌南低下頭，幾乎有些慌張地握住筆，簽下自己的名字，一頭曲髮垂下來，蹭在照片上。呂姑娘手指顫巍地撥開它，笑道：「還是這麼倔。」

凌南止不住的眼淚掉到相片上，像小孩般用手背擦去淚水，卻不敢抬頭。

呂姑娘沒有說話，遞起插滿喉管的手，示意淩南把手遞過來，拍拍她的手背。淩南感到久違的溫暖，想要把心中一切的悔疚、過錯一一告解予呂姑娘。

「你說過，每個人都會犯錯……但如果是那種，怎麼彌補都來不及的錯呢？」

呂姑娘沒有立刻回答，只是緩緩闔上眼睛：「那就坦白認錯，我們本來就帶著原罪，只能向神請求原諒。」說罷合上眼，緊握淩南的手，像是要將掌心的餘溫傳遞過來，淩南觸碰到的，卻是冰冷的指尖。她沒有立刻放開，握住的不是一隻手，而是一種快要消失的存在。

十年前的兒童病房裡，她也曾看著比她還小的孩子，還來不及認識這個世界，還來不及害怕，便悄然離開。當時，呂姑娘和其他人為這些孩子點上蠟燭，合十祈禱。淩南記得，燭光微弱搖曳，在病房裡投下長長的影子。她那時想，那些蠟燭究竟能燃燒多久？還有多少人，在為那永遠不會來的救贖禱告？

她也記得，當時的自己幾乎衝動地想把燭火一一吹熄。她不信上帝，不信救贖。

但這一刻，呂姑娘沉沉睡去，手裡的冰冷依舊停留在她的掌心，而她的內心，竟然浮起了一絲久違的平靜。

「呂姑娘，我要當媽媽了。」

房間只有點滴機械式的聲響。她抬起頭，才發現呂姑娘已經闔上眼睛，沉入某種無聲的寧靜。

＊＊＊

病房的門關上，將靜寂與喧囂分割成兩個世界。走廊依舊明亮，兩側擺滿了臨時病床。登記處的電話鈴響了一次又一次，與凌南腦海中那些未曾拼湊起來的念頭一樣紛亂。

凌南低頭，顫抖的手輕輕覆在腹部。她和貞貞一前一後，朝走廊的出口走去。她看著林貞貞的側臉，曾經的她，是病房裡那個最需要保護、最害怕疼痛的小孩。當時的淩南不過比她大一點，卻已經知道如何將自己的一點點溫柔分享，像是把一塊熱糖塞進林貞貞手裡。

但淩南再看向她時，卻感覺不到連結。

「貞貞……」淩南打破沉默。

林貞貞停了下來，卻依然沒有回頭。

淩南低下頭，手指緊扣在腹部上，像是要抓住一個尚未成形的未來。

「我們，」她的聲音終於落下：「是時候要贖罪了。」

林貞貞沒有回答。

第九章

懷森和淩安並肩站在瑪烈醫院的病歷室，看著辦公桌後的護士，輕輕翻動病歷夾。她的眼睛在黃紙上掃過，一頁、兩頁，然後停頓。

她的手指按住某個名字，視線從鏡片後抬起，「……找到了。」她的語氣帶著遲疑，目光在兩人之間遊移，衡量該透露多少訊息。

「林貞貞、淩南……1983 年夏天。」她的聲音壓得很低，像是怕被誰聽見。

1983 年，708 號兒童病房，妹妹最後的一個夏天，便是在那病房渡過。懷森的喉頭緊縮：「讓我看。」

護士的手猛地合上病歷夾，眼神裡帶著明顯警惕。她下意識探頭張望，確認四周無人，才又壓低嗓音：「這已經超過我的職責範圍。」

「森，別為難——」凌安問道：「也許，她們只是剛巧認識……」凌安說。

懷森沒有理會凌安，視線仍然釘在護士身上，語氣幾乎威脅，「檔案給我。」

護士迅速收起檔案夾，拿起電話。

懷森的手突然扣住護士的手腕，護士的手指停在電話按鍵上，臉色發白。走廊的燈劈在懷森扭曲繃緊的臉上，通紅變形的左耳像條蜈蚣。

他幾乎能肯定，雅兒和她們都認識。

「森！」凌安的聲音壓低：「她在幫我們。」

他鬆開手，退後一步，轉過身去。

「周懷森，」凌安追著他的背影，聲音很輕，卻異常清晰：「我是來找我妹妹的，你呢？」

＊＊＊

周懷森攔下一輛的士，說出一個陌生的地址，自他十多歲離家後，就再也沒回過舊居。引擎發動，窗外的街燈一盞盞往後退，到了郊區，路燈漸見稀落。大屋靜靜地佇立在小山坡上，院子裡的橘子樹已經比記憶裡更高。他以為父親會賣掉這裡，卻一直空著，和舊回憶一併殘存於此。

懷森走到門邊，蹲下身，在一處略為凸起的地方摸索，挖出一把生鏽的鑰匙。

大門推開的瞬間，空氣像濃稠的舊膠水貼在皮膚上，地毯揚起的灰塵，把他嗆得猛咳——大屋擺設未變，淺粉色的壁紙邊角翹起，沙發布料發白，扶手處有一個小小的裂口，是妹妹小時候用指甲摳出來的。

他的目光落在書房角落的玻璃櫃裡，裡頭擺著幾個芭蕾舞鞋形狀的香水瓶，瓶身上覆了一層薄灰。

以往爸爸每次公幹回來，便會帶一瓶給母親。直至那日黃昏，母親拿起小小的手袋，凝視了二人良久，囑咐懷森照顧妹妹，從此再也沒回來過。

以後，懷森和妹妹想念母親的時候，便小心翼翼地打開香水樽，讓氣味滲在空氣中，然後快快關上瓶子，怕香水太快揮發掉。現在卻只剩下空瓶子，和某些記憶一樣，悄然蒸發掉。

懷森沿著樓梯踏上二樓，走進小時候的房間，從床底拉出一個封塵的皮箱。皮箱裡盡是泛黃的剪報，油墨早已褪色。

「後山發現失蹤女孩殘肢，證實為月前失蹤女孩，警方列無可疑」

照片上，妹妹的五官已模糊成一團黑影。

電視廣播的聲音，像從水底傳來，模糊、遙遠，一遍遍地迴響。

＊＊＊

「樂園後山五百米的山坡發生山泥傾瀉，山下有幾間民居被埋……」

「暫未知是否包括失蹤女童周雅兒。」

警署走廊的燈光慘白，疲憊的家長擠在接待處，義工隊長在角落安慰孩子，地板濕漉，反射著來來回回的影子，混合著泥濘的鞋印，整條走廊像條潮濕的河道。

盡頭的電視機畫面閃爍，報播特備籌款節目的畫面——粵劇名伶的歌聲、義工呼籲大家捐款救災。

懷森坐在走廊的長椅上，渾身濕透，耳垂到頭頂的位置包著環形紗布，疼痛隨著心跳敲擊頭骨。

「小弟弟，不如你跟我們回醫院？有你妹妹的消息，第一時間通知你。」

懷森抬起頭，護士長呂姑娘的眼神憐惜。他搖頭，紗布下傷口疼痛更甚，耳邊嗡嗡作響。

「用不著對他們這麼客氣。」是一名中年警長，挺著肚腩，叼著煙，眉毛與鬍子一樣濃密：「有些人總愛惹麻煩，社會欠了他們似的。」

「你們走運，樂園方面決定不追究。」警長漫不經心地說，「警方可能落案起訴——」

懷森猛地站起：「甚麼落案起訴？分明是他們疏忽！」

「你收聲。」警長用文件夾拍了他一下。

＊＊＊

當天早上，他和幾個同學被寄宿學校安排來到樂園，說是甚麼「生命教育」，到底根本是給那些捐款人看的表演。

周懷森站在人群之中，遠遠望著前方圍成一圈，穿著黃色雨衣的病童和義工，興奮地望著籠中的黑豹，獸籠鐵板濕漉，黑豹在裡面來回踱步，尾巴微微抽動。

他唯一盼望的，是可以見到一年沒見的妹妹。一年前，他被爸爸送進去寄宿學校，原因是他拿著美工刀，在欺負妹妹的那個小孩臉上劃了幾刀。懷森想起母親離開以後，父親對他們說過的寥寥幾句話——最初，他囑咐他們「不可打人」；當他帶著被其他小孩欺負，潑了滾水的妹妹回到家時，他說：「怎麼這麼愚蠢，不懂還手？」當他鼓起勇氣教訓其他小孩時，他卻沉默，叫他收拾好東西，第二天進寄宿學校。這天，妹妹雅兒也恰好因為醫院與樂園合辦的慈善活動，來到樂園。

「哥哥！」穿著黃色雨衣的雅兒從人群中衝過來。

「長高了。」十七歲的懷森摸著妹妹的頭，在自己胸前比劃。

雅兒從口袋掏出一包糖：「留給你的。」

「沒偷吃吧？」懷森接過來，是母親以前常給他們吃的大白兔糖，鼻子有點酸，隨即振作起來：「不然你哮喘又發作了。」

雅兒搖頭。懷森打開包裝，拿出一粒給雅兒，「沒讓人欺負吧？」

雅兒這次更堅定地搖頭：「絕不可以讓人欺負！」說著作狀拗起小小的手瓜。

懷森笑了，著她和其他小朋友玩，看著雅兒跑回醫院的義工群中，那是他最後一次看到雅兒的背影。

身後一陣嬉笑聲，正是班上那幾個老愛起哄的男孩，圍在黑豹籠邊，一邊調笑，一邊把硬幣丟進籠中。

「牠動了！」其中一人低聲笑道。

「喂，敢不敢丟進他嘴巴裡？」其中一人拍了一下懷森的肩，「不是說你拿美工刀捅過人？看看你這隻『瘋狗』有沒有膽。」

他知道，不可以在這群人面前示弱。懷森走近籠子幾步，盯著那雙深紅的眼睛。黑豹不安地在籠內踱步，低沉的呼吸混雜著雨聲，一雙爪子不時刨動地面。他拾起地上的玻璃瓶，用力朝籠內掉進去，玻璃瓶在黑豹腳下裂開。

他只記得黑豹一聲嘶吼，還未回過神，黑豹已從一道缺口撲出來。那雙深紅的眼睛直直對上了他，懷森想逃，雙腿卻根本動不了，腦袋一陣刺痛，像被巨大滾燙的火鉗死死釘在地上。

他聽見人群尖叫，伴隨一陣巨大的耳鳴。

也不知過了多久，他迷糊睜開眼，天色仍灰，雨點打在他臉上，有人使力按住他的頭。

「別亂動，小朋友，你頭部傷得不輕，耳廓……被咬碎了。」空氣中一陣血腥，他想撐起身，耳邊卻一陣撕裂的劇痛。

他試圖聚焦，只見有人顫抖地抽著煙，有人捂著嘴作嘔，還有醫護人員不斷地奔走，試圖在混亂中恢復秩序。幾名警察抬起一塊白布，遮蓋住一具屍體，隱約看見一攤猩紅的血從布邊滲透出來，沿著地面蜿蜒成一道細長的線。他幾乎要衝過去確認，白布下的人，是不是雅兒。

「阿Sir！阿Sir！」一名穿著義工服的護士匆匆跑來，臉上滿是驚恐：「我們有幾個女孩不見了！」

周懷森向病童聚集處望去，才發現失去了妹妹周雅兒的身影。

＊＊＊

兩星期後，周懷森因攻擊警員被判入教導所。

他年紀雖小，卻不懵懂，明白父親不願意為他開脫。父親周樹仁站在走廊的盡頭，默然地看著他，「希望能令你學懂對自己的行為負責。」

世界上沒有人比他更想保護妹妹，但每個人心裡，都在怪罪他。他痛恨沒有人告訴過他，莽撞的代價是失去妹妹。

＊＊＊

「這裡沒有特權。」李 Sir 翻著手上的檔案，鬍渣沒刮，聲音低沉。

「我只想知道她在哪裡！」懷森站在育才院的教官前，幾乎想要把對方撕開。

李 Sir 翻過一頁，語氣懶洋洋地說：「警方的搜索不是你能控制的。」

隔壁的犯人來告訴他，警方正在搜索。

又過了幾個月，他們叫他去確認她的屍體，他知道那不是雅兒，卻沒力氣否認了。

那一晚，懷森拿著止痛藥，走進了廁所，他把麻繩拋到天花板的水管，站上馬桶，手指顫抖著打結，如果這一切都是他的錯，那麼，就讓一切終結好了，最後，他不記得自己是怎麼倒下去的，只記得醒來時，手腕緊纏著麻繩，劃下一道深深的紅痕。

「這種死法不行，下次挑個牢固點的水管。」李 sir 歪著頭說。「他們想儘快結案，這簡單的道理你明白？」

懷森沒有抬頭，他盯著自己的手腕，勒痕像無形的鐐銬。

「……是我做錯了。」懷森低著頭，「該從我這裡結束。」

「如果你覺你得對不起她，那你就撐住。」李 Sir 沉默了一會兒，慢吞吞地點了根煙：「撐到該還的都還完。」

第十章

「你和我，是時候要贖罪。」

空氣中有長久的沉默，林貞貞的髮箍在走廊熒光燈下泛出冷藍，過了幾秒，她輕輕拉住凌南的手臂，帶到走廊角落。

「南，下星期還有探病時間……」林貞貞語調如常，有護士經過，貞貞微微點頭，瀏海紋絲不動地垂在眉上，嘴角揚起的弧度像被精細量度過。

「貞貞——」凌南張開嘴，聲音卻有些發緊：「我……我要當媽媽了。」話語落下的瞬間，她看到貞貞的睫毛微微一顫。

「那不是很值得慶賀嗎？」貞貞的笑意比剛才更深。

凌南低下頭，指甲掐住掌心：「我不知道……應該開心嗎？」談到父親的身份時，凌南支吾以對，意味她要當單親媽媽。

「沒有關係——」貞貞蹲下來，聲音輕柔得像哄小孩：「你現在一定很亂。」

凌南沒有回答，只是慢慢走到長椅邊，低下頭，曲髮變得散亂。

貞貞的手卻握得更緊了一點，「這是一個新的開始，你應該帶著孩子，好好活下去。」她的聲音帶著幾乎不著痕跡的引導意味，幾乎讓她感到放鬆了一點。

「……我無法入睡。」她的聲音顫抖，眼神渙散：「半年前，我開始在片場看到她。」她不需要說是誰，貞貞知道。

「在哪裡？」貞貞笑著問，那笑裡有點輕蔑。

「在攝影機後，在化妝間的鏡子裡，在樂園的旋轉木馬旁。」凌南的指甲深深掐進掌心，眼睛睜得滾圓，像是驚嚇過度的洋娃娃。「她濕透了……看著我。」

「你只是太累了。」貞貞輕輕搭住她的肩，「一定是因為有了孩子，讓你胡思亂想。」

「貞貞，我們錯了一次，不能再錯——」她吸了一口氣，語調突然變得急促。

林貞貞從口袋裡掏出一個小小的物件，握住凌南的手，把它放進她的掌心。「小時候，你送我的，對吧？」

凌南低頭，手指顫抖地攤開掌心——一條紅色絲線繫成的連心結。凌南的瞳孔微縮，像是摸到甚麼骯髒的東西，猛地甩開手，連帶手袋翻也被拋得老遠，裡面的物品散落一地，化妝鏡、口紅、護照……還有一個信封。凌南愣住，連忙蹲下去收拾。

就在她伸手去拿信件的時候，餘光掠過走廊對面的玻璃窗，窗戶倒映出病房內的景象，以及一個滿身濕透的小女孩。凌南的胃部抽搐了一下，血液冰冷地竄入四肢。

不、不可能……………

她猛地回頭，望向病房內，那裡甚麼都沒有。護士正在調整點滴，兩個小孩坐在床上玩積木，窗簾隨著冷氣的氣流微微擺動。凌南胃部一陣翻攪，低頭猛地將散落的東西抓進包包裡。

她剛想把信藏進包包裡，貞貞的手已經伸過來，慢條斯理地拾起了那封折疊的信件。

「日本的信件都帶著好看的郵戳呢。」她的聲音很輕，然後慢慢展開信紙，手指搭在信封邊緣，視線不動聲色地掃過信上的字，「……這不是你一直以來的夢想嗎？」眼神帶著某種柔軟的探究。林貞貞的聲音很輕，笑容柔和，彷彿真心替她開心。

凌南急忙伸手去拿，但貞貞只是笑了笑，沒有馬上放手，而是用指腹輕輕摩挲著紙面，像是在確認紙張的質感。

「南。」她將信件遞回給淩南，但那笑容，卻停在某個不該停留的位置。「你沒有跟任何人提起過那件事吧？」貞貞臉上的陰影加深。

她的身體微微一震，下意識地攥緊手中的信封，迅速搖頭：「當然不……」她的話還沒說完，制服警員走過遠處的汽水販賣機，目光不經意地朝這邊掃來。像小偷被店家發現，淩南迅速低下頭，心跳聲變得異常響亮。

「那就好。」貞貞的眼神變得深邃起來，沉默了一瞬，緩緩開口：「現在把當年的事說出來，沒有益處。」

淩南怔怔地望著她，臉上浮現出一抹遲疑。

貞貞察覺到了，緩步走上前，語中帶著不可違逆的力量，「說出來，我和你的人生都會完蛋。」

淩南的聲音開始顫抖，雙手緊抱著頭，喃喃道：「我……不想孩子有一個這樣的媽媽……」

「那更不應該說。」貞貞的目光專注，彷彿想將她最後的動搖抹去：「如果你真的這麼內疚，就帶著它，好好活下去。」

「你仔細想一想，好嗎？」

＊＊＊

離開瑪烈醫院時，夜風潮濕黏膩，像無形的霧，讓皮膚泛起細小的濕氣。

凌南翻開手中的繩結，她懼怕繩結所帶來的回憶，卻本能地握緊它，像抓著最後的浮木，需要那份熟悉的安定感，她深吸一口氣，前往樂園裡的拍攝場地。

導演焦躁地催促，攝影助理在調整機器，場務低聲交談，整個片場瀰漫著一種悶熱的壓迫感。

「怎麼回事？」凌南低聲問。

「剛剛 Roll 不了攝影機，一 Roll 便停下來。」助理皺著眉，「攝影師正在檢查……可是好像沒有問題。」

在樂園拍戲這半年裡，已經見過太多這樣的事。燈光無故閃爍、機器無預警卡頓，甚至有傳言說導演在錄影裡，看見多出來的影子。

「不用檢查了。」導演呼了一口氣，皺著眉：「去上一炷香吧。」助理急忙從工具箱中拿出香燭及香橙，本想在場邊上香，導演隨手把香燭拿來。現場所有人都屏息靜氣，看著導演徐徐走到出問題的攝影機前，誠心地合十擺了三拜。香燭的煙在空氣中徐徐飄散，裊裊繚繞。

凌南望著香煙，幾乎出了神，只見在攝影機的下方，站著一個人影，是她，周雅兒，水珠自她身上滴落，在乾燥的地面上形成一圈水漬。

凌南不敢再看，猛然低頭，嘴裡開始喃喃唸誦著佛經。

「你沒事吧？」助理的聲音將她拉回現實。

「我有點不適，想先離開。」她對助理說。

助理看看流程表，確認她的戲份不多，遲疑了一下，才勉強點頭。

凌南握著繩結，走出片場，漸漸遠離身後的人群。她走得很慢，像是有甚麼東西在拽著她，讓她的腳步不由自主放緩。

春夜的空氣分明悶熱潮濕，她卻感到背後涼得像有風滲進骨縫，她把手按在小腹上，試圖讓自己冷靜，腦中只有一個念頭，馬上離開這裡。

「…………你不是一直想去日本嗎？」貞貞的聲音忽然在腦海裡響起：「如果你真的這麼內疚，就帶著它，好好活下去。」

但如果……活下去，真的就能贖罪嗎？

她猶豫了一下，往後退了一步，小腹突然傳來一陣跳動。這是她懷孕以來，明確地感受到胎動，像是在告訴她這裡有危險。

「地牢等妳——」一陣哆嗦，她死死地握著繩結，嘴唇微微顫抖。她想轉身離開，但雙腳卻像被甚麼牽引著，恍恍惚惚，反而一步步往射擊攤位的方向走去。

她站在樓梯前，夜風捲起她一綹蓬亂的捲髮，心跳紊亂，只要現在轉身，走出去，街上還有燈，有人，世界仍然如常運轉，還有明天，還有未來，她忽然想起了自己小時候，想起自己坐在碼頭，抱著父親送她的小書包，望著遠方的船隻，她等了好多天，每次天空從橙黃變到深藍色，碼頭的工人都走光了，那艘船始終沒有回來。

她就被那樣拋在原地。

如果她現在轉身離開，那些女孩呢？如果她走了，她就成了那個不曾回來的人。

她的腳尖輕輕踏上了第一階，往下走入黑暗。

＊＊＊

後來在地下室，淩南想了很久，當時是甚麼驅使自己愚蠢地回頭？

或許是對那小女孩的同情吧，勝過了她的危機意識。

她才明白，是那些女孩讓她想起了自己——那種被遺下，等不到任何人回來的無助，早在十年前埋在她心裡，甚至比對腹中骨肉的保護本能更強烈。

「是時候贖罪了。」她不知道這聲音來自自己，還是來自周雅兒的靈魂，只知道，自己的錯誤已經不由自己來判決。

在黑暗之中，她的口中呼出的寒氣，竟是唯一的光明。

第十一章

「貞貞小時候的照片在哪？全部。」話音剛落，周懷森已經走進房間，視線掃過書架、桌面、衣櫃，手指迅速翻開一本本相簿。上次來時，他不確定自己在找甚麼；這次，他比任何時候都更清楚——她們的過去。

「你來幹甚麼？」林母看著懷森闖進房間，不時憂心地往走廊張望：「他們來問過你，這兩天又一直在附近——」

懷森急速地翻看相簿，卻未見淩南的照片，亦沒有任何病房日子的照片，像刻意拿走。他按住相簿封面，指腹輕輕摩挲，視線掠過房間的每一個角落，又喃喃自語，翻箱倒櫃。

一個少女，會把最重要的東西藏在哪裡？他的目光掃向床鋪，伸手按了一下，感覺到床墊比想像中還要硬。

「都全在這裡了……你快點——」林母低聲說，無意識地揪緊圍裙下擺。

他猛地掀開棉被，毫不猶豫地翻開床墊，在底部的布面上——用牛皮膠紙緊緊貼著一個長方形信封，周懷森沒有猶豫，直接扯下信封，裡面滑出幾張早已褪色的寶麗萊照片。

照片滑落，兩個小女孩，穿著相似的黃色雨衣，手裡拿著波板糖，並肩而笑，笑容純粹。他翻開下一張，照片的背景出現了動物園的大笨象，然後是鬼屋，最後是一面哈哈鏡。懷森認得，那件雨衣，正是妹妹失蹤那天的衣著。

照片顯然不是一次性拍攝的，陽光的角度不一樣，女孩的服飾也不一樣。這代表她們多次前往樂園，而這個拍攝者……一直在拍著她們。他的指腹輕輕掠過照片的邊緣，是那天曾在樂園出現的人，他有沒有錯過甚麼？

門外傳來一陣敲門聲，「林太，南區警署，想再請您協助調查林貞貞的案件。」

林母看著懷森，慌亂地回應：「現在嗎？」

「我們不會耽誤您太久。」

懷森與林母交換一個眼神，示意林母替他拖延。

「林太太？」警察的聲音再次傳來。

懷森將照片迅速收進外套內，低聲道：「去拿電話。」

林母一怔，還沒反應過來，懷森已經朝她微微偏了偏頭，目光示意她往客廳去。「打給警署，說樓下有人鬧事，快。」

林母的手顫抖著拿起話筒，按下熟悉的號碼，深吸一口氣，用帶著驚慌的聲音說「喂……我是靜海樓414的住戶……有人在門外，好像喝醉了……能不能快點來？」警察仍在等待，對講機裡傳來一陣電波雜音，「南區414室報案，疑似鄰里糾紛，請求支援。」

雜音漸開，懷森推門往另一方向離開，背影很快沒入走廊盡頭。

＊＊＊

「怎樣？」凌安剛開口，懷森已經伸手，將幾張照片硬塞進她的掌心。

她低頭，是凌南小時候，還有林貞貞的童年照，都是在樂園拍攝。凌安覺得照片有種說不出的不適，既不像醫院的活動照，也不像小孩自己記錄的。從相片距離、妹妹的表情來看，拍攝者站得幾乎和家人一樣親近，幾乎好像要把兩人的每一個細胞捕捉下來。但凌南從沒提過這個人，也沒提過這些照片。

其中一張照片，兩人背後的哈哈鏡上有一道模糊的人影，隱約可見是一個穿著黃色員工服的男人，一邊的腿不自然地曲著。

他倆對視，腦海裡浮現同一個念頭。

「沒時間。」懷森抬頭看了眼天台的方向，像是在計算時間，然後毫不猶豫地轉身往巷口走去。

「他們翻過你家……」凌安還想再說，兩名警員已從大堂走出。她突然快步上前，從手袋裡抽出一張對折的紙，塞進懷森手中，「只剩這個，我幫你拿回來了。」

懷森展開紙張——是那幅畫架的掃描，他微微頷首，指尖在紙面上多停留了半秒，目光在紙面與凌安之間短暫游移。

「我要比他們先到。」說罷已經轉身，步伐果決地朝巷口走去。

她捏緊相片，點點頭：「我拖著他們。」

離開時，他的肩膀輕輕擦過淩安的衣袖，像無聲的感激。

第十二章

凌南屏住呼吸，細細傾聽，等待那個日常循環裡的間隙。

她蜷縮在牆角，盯著天花板，光線透過狹小的氣窗打進來，落在牆上掛著的招牌上。「樂園劇場」四個字，在光影中晃動，光線正好打在「樂」字上。

再過不久，唐強就會離開。每日這個時候，唐強總會外出一段時間。

遠處傳來金屬門閘推開的聲音，門閘關上，地牢陷入死寂。

凌南開始挪動身子，忍著身體的疼痛，每一下動作都像生鏽的零件在磨擦。

今天，她一定要逃出去。

凌南的視線掃過房間，停在桌子上的那瓶深色玻璃瓶，那是唐強用來融化屍體的。她開始拖著身體朝桌子靠近，雙手被綁緊，她只能靠肩膀和背部撞擊桌腳，身體濕漉漉，也沒有力氣分清是汗水抑或血液，深吸了一口氣，肩膀用力一撞——

啪——瓶子晃動了一下，滾動了一下，又停住，還差一點。

她屏住呼吸，再一次撞上去——玻璃瓶倒下，液體傾瀉而出，流過桌面，緩緩滴落地面，氣泡發出嘶滋的聲音，像溶岩般緩緩往桌邊流淌。

凌南咬住下唇，拖著雙腿向前，一寸一寸地挪動。她伸直腿，對準那灼熱的液體。

液體沒有落在繩索上，而是直接碰到了她的傷口。一陣焚燒的痛感從腿上傳到全身，她差點就要叫出聲來，摔了一下腦袋，讓自己從疼痛中清醒，眼淚滑過臉頰，叫自己穩住顫抖的雙腿，再次對準繩索滴下來的液體。

滋——繩索的纖維開始扭曲、斷裂，她死命地掙動腳踝，雙腳的束縛終於斷了。她看著自己紅腫、炙爛的腳踝，皮膚下露出血肉，心臟似要發狂的跳出來。

她扶著地面，緩緩撐起自己，像剛出生的牛犢一樣，用不屬於自己的雙腿東歪西倒地站起來，還沒站穩身子，便朝房間後方的木門撲過去。

十年前，她曾從這裡逃出去，今天也一定可以。

她推開門，裡面只有一個簡陋的馬桶，水管鏽蝕發黑，馬桶後方的牆上，仍有一個老舊的排水管道入口。這是她唯一的機會。

她顫抖地跪下，雙手撐在馬桶邊緣，伸手扣住鐵蓋邊緣。只要過了這裡，她便可以帶著孩子，帶著姊姊，到日本那家小酒館去。

生鏽的金屬發出「喀——」的一聲，污水氣味瞬間湧出。她喘著氣，指尖摳住冰冷的管道邊緣，將身體用力擠進去，然而肋骨緊貼著金屬管壁，硬生生地被夾迫住，一股窒息感衝了上來，像齒輪卡住的機械，動彈不得，一陣鈍痛猛地衝上來，腦袋充血，眼前幾乎一黑。

像十年前一樣，她本已看到了光，已經聞到了空氣裡的自由，已經聽見了外頭的聲音，身體卻不再像以前瘦小的自己。

「總有一天，你會漂洋過海。」她記得老者的話，她不應該死在這裡。

她屏住呼吸，咬緊牙，狠狠地向後一縮，整個人重重地摔在冰冷的地面上，像一條被拋上岸的魚一樣，嘴巴開開合合卻發不出聲音，拼命喘息。

此時地牢門閘的聲音響起。她的耳朵緊貼著門板，屏住呼吸。

沉重、拖沓的腳步聲，在地牢的石磚地板上響起——

不行，不行！

她轉頭，視線落在房間的一角，只見有一片生鏽的金屬片，邊緣銳利，她顫抖著爬過去，撿起金屬片，身體貼著牆，躲在門後，等待唐強走近，便撲將出去。

心內吶喊，懇求上帝不要摒棄自己。

第十三章·一九八三年。

——「這次，不需要再聽他們的話了。」

窗外的雨下個不停。

唐強躺在床上，試著轉過身，每逢陰天，其左腿便會像被一個巨大的石塊反復敲打一樣，一陣又一陣像喪鐘一樣的疼痛。他吞了幾顆藥，靜靜地等止痛藥流進血液裡，等身體的神經開始麻木，等思緒變得柔軟。

他扯下毛毯，緩慢地撐起身子，拐著腿走到角落，拉開木箱，底下有一道小小的木門，通往他的「密室」。

密室裡沒有窗，沒有時間。只有一百平方呎大小的空間，塞滿了一座座蠟像——小女孩保持著跳飛機時的動作；唱歌的少女嘴唇微微張開，彷彿下一秒就要發聲。

這裡，才是他的世界。唐強站在小女孩的雕像前。她穿著白色的裙子，雙手握拳，胸口微微前傾，嘴巴開著。

他盯著她的臉良久，從櫃桶拿出寶麗萊相冊，相冊中有無數小孩的照片，一邊比對，一邊細心地在雕像上微調。

唯有這樣，才令唐強忘卻腿上的痛楚。他慢慢地伸手，溫柔地撫過雕像的臉頰，指腹輕輕游走過鼻樑、嘴角、下巴。這個動作讓他感到一陣奇異的暖意，一陣暖流湧到鼓起的胯下。

他憤怒地甩開手，像是意識到自己的污穢——骯髒！

藝術該是神聖的！

他握緊手上的雕刻刀，毫不猶豫地刺進自己的大腿，刀鋒劃開皮肉，血流了出來。

他沒有發出聲音，反而感到一陣像白色的愉悅，比止痛藥更有效。

腦袋清醒了點，他拿起蓑衣，離開地牢，像每個早晨一樣往動物園走去。

雨一直下著，夾雜著灰色的霧氣，籠罩住整座樂園。唐強站在動物園的圍欄旁，清掃著地上的枯葉，蓑衣上的水珠順著布料滑落，濕透了他的袖口。

這時，一個輕快的聲音穿過霧氣。

「叔叔！」小小的腳步聲踩在濕漉漉的泥地上，發出輕盈的啪嗒啪嗒聲。

他抬起頭，看見一個穿著黃色雨衣的小女孩，撐著一把半透明的紅色雨傘，像一隻小動物雀躍地向他跑來。

她的捲髮被雨水打濕，一縷一縷貼在額前，雙頰因奔跑而泛著淡淡的紅色。她站定，直直地看著唐強，一種無意識的柔順，讓人不禁想伸手觸碰。

「我們的南精靈，今天有聽話嗎？」唐強微笑著，伸出手，像照顧洋娃娃一樣整理她額前的毛髮。

凌南怯怯地點頭，轉身看了一眼她後方的林貞貞，貞貞小小的身子緊貼凌南，腳尖微微向內收，看起來像個習慣了被忽略，站在幕後的小配角。

他掏中一根波板糖，蹲下身，遞出泛著水氣的糖果。

兩人猶豫了一下，凌南輕輕把貞貞的手推向前。

林貞貞的手在空氣中停頓了一下，然後緩緩地伸出來。她的手背上覆著一層薄薄的銀灰色鱗片，細碎的結痂像剝落的畫布，露出下方新生的肌膚。

「記得嗎？」唐強看著她的手，挽起自己的褲管，露出一條幼小，畸形的腿。他輕聲說，「叔叔也和你一樣，是被眷顧的小孩。」林貞貞愣了一下，接著低頭看了看自己的手背，像是在確認甚麼，才接過波板糖。

她的手指細小而冰涼，唐強輕輕地合住她的手掌，「還痛嗎？」

林貞貞搖搖頭，參差不齊的瀏海輕輕晃動。

「很好。」

「叔叔，這是上次那魔法盒子嗎？」凌南好奇地看著唐強手中的小方塊。

「對，來，站近一點，對，就是這樣……………」唐強笑了笑，舉起手中的寶麗來相機，

相機發出輕微的「咔嗒」聲，快門按下的瞬間，閃光燈閃了一下。唐強把相紙抽出來，搖了搖，等它顯影。白色的影像慢慢浮現出來，兩個女孩站在灰濛濛的雨霧裡，身上的黃色雨衣被微光照亮，背景模糊成一片氤氳的景色，像一幅正在褪色的水彩畫。

「這樣，就可以記住每一次的快樂。」

「這是給你的。」唐強把其中一張照片遞給林貞貞：「拿好。」林貞貞睜大眼睛，小心翼翼地接過來，端詳了一下，然後收進口袋裡。

「叔叔也要留一張，這樣，我們的秘密才不會忘記。」唐強舉起相機再拍另一張照片，輕輕地在手指間轉動了一下，然後收進自己的口袋。

凌南乖巧地點頭，「我們甚麼時侯可以再去城堡——」

唐強抱起凌南，低聲地說：「忘記了嗎？那是我們之間的秘密。」唐強環顧四方，微笑地說道：「不可以讓那些壞人知道。」

兩個女孩對視了一眼，點點頭。

「還在磨蹭甚麼?」經理的聲音從背後響起，帶著不耐煩。

唐強聞聲，默默將淩南放回地上，拿起掃帚，繼續清掃落葉。

經理掃了他一眼，冷冷地說，「我不想再看到你抱小孩。」經理壓低聲音，「你這副模樣——會嚇壞他們。」

唐強竭力壓抑臉上微微跳動的肌肉，感覺像小時候被罰站在學校門口示眾一樣，無數雙的眼睛正在嘲笑自己。雨水順著帽檐滑落，他的視線穿過雨霧，落在不遠處的黑豹籠子前。

那些穿著黃色雨衣的孩子們貼近圍欄，外籍馴獸師撐著傘，拿著擴音器，滔滔不絕地講解黑豹的習性，站在旁邊的經理則笑容可掬。

唐強注意到黑豹比平日不安，像某種更深層的躁動。他看過這種神情。當動物準備獵殺的時候，眼神會變得專注，肌肉會收縮，所有的意識都會集中在一個目標。

然後，他聽見了笑聲，來自一群少年，他們穿著學校的制服，把硬幣拋進籠內，臉上掛著某種帶惡意的興奮。

站在籠前的少年咧嘴，露出犬般的笑意。他看過這種目光，當年在學校，他被逼著站在講台前，——那些人眼裡，就有同樣的光。

那少年站得筆直，微微仰著頭，眼神挑釁地看著籠內的黑豹，帶著一種近乎自負的神情。

玻璃破裂的聲音響起。黑豹四肢猛地一蹬，撲向鐵枝。人群炸裂一般地尖叫，只見一條鐵枝斜斜地架在半空，露出了一道缺口，下一秒，那道黑影已經竄出了籠子。

瞬間，黑豹撲向少年，爪子猛然劃過他的側臉，血液噴灑而出，他重重地摔倒在地上。

「麻醉槍！快！」馴獸師的聲音驚慌失措，手中的皮鞭瘋狂地抽打著黑豹。

黑豹低吼著，轉頭看向另一個方向——是剛才罵他的經理，他跌倒在地上，雙手抱頭，臉上滿是恐懼。

唐強握著麻醉槍，準星瞄準黑豹的背部，手指放在扳機上。

「瘸腳的！快點！」經理尖聲大叫。

雨水沖刷著唐強的臉，他看著準星內的黑豹，看著他緩緩走向經理，指尖顫抖了一下，然後緩緩放下了槍。

他聽見經理的尖叫，聽見黑豹的低吼，聽見骨頭碎裂的聲音。平日煩人的吆喝聲，此刻終於變成了淒厲的嚎叫聲。

唐強沒有回頭，只是站在雨中，閉上眼睛，感受著自己胸口翻湧而起的某種快感，忽爾覺得從來沒這麼舒坦過。

＊＊＊

約莫半小時後，警察封鎖了動物園，空氣瀰漫著血腥與雨水混合的刺鼻氣味。

唐強站在遠處，看著幾名警察抬起白布，露出經理的屍體，讓他忽爾想起了平日餵給豬群的餿肉。

他忍不住多看了一眼，這就是人死後的模樣嗎？

一旁的馴獸師臉色慘白，指著旁邊幾個少年，聲音顫抖：「都是他！如果不是他們，根本不會發生這種事！」

那個為首的少年——他的側臉有一道新鮮的傷口，他的手緊握成拳，僵硬地站在一旁，嘴唇抿得死緊，像是要壓抑住顫抖。

傍晚時分，有人發現幾個醫院的女童沒有回到集合點。警察與動物園的工作人員一直在園內搜索，樂園的氣氛變得沉悶詭異，雨勢時大時小，卻沖不走血腥氣。

唐強站在園內，繼續緩慢地清理動物園內的一片狼籍，籠內的羚羊瑟縮在角落，眼神茫然無措。

回到地牢的路上，會經過平日讓遊人泛舟的人工湖。大雨之下，平靜湖面像是有無數的石子掉到湖面一樣，濺起無數沸騰的水珠，顯得比平日凶險冰冷。

水面上，有甚麼東西漂浮著。

唐強停下腳步，定睛望去，湖中央飄浮著一件黃色的物事，那是醫院病童的雨衣。他的心跳微微加快，喉嚨有點發乾。

他盯著那漂浮的影子，盯著那一動不動的身軀，盯著雨水不斷敲打在小小的肩膀上。

他脫下蓑衣，一拐一拐走入湖中，水很冷，像在吞噬身體的熱度。當湖水淹沒到他的胸口時，他終於摸到了那具小小的身軀——像是一個被丟棄的玩偶。

他將小孩抱上岸，輕輕地拍打她蒼白的臉，她卻沒有反應。他未曾見過這個孩子，不是淩南，也不是林貞貞，只見她嘴唇發紫，細瘦的手臂在水面上無力地垂落。

這一瞬間，唐強覺得世界變得很安靜。要做甚麼，也沒有人會發現吧？

＊＊＊

橙黃的鎢絲燈閃爍，搖搖晃晃地灑在女孩蒼白的臉上，她的嘴唇微微顫動，胸口仍有微弱的起伏，像一條擱淺的魚，半死不活地躺在木板床上。

唐強跪坐在一旁，伸出手，指尖輕觸女孩的鼻息——那呼吸淡得像霧，一吸一吐，彷彿隨時都會消散。

要報警嗎？

「癟子還逞甚麼英雄？」他想起了自己的存在，不過是一塊擦不掉的污跡。警察，他們會相信他嗎？如果他把女孩完好無缺地送回去，他們會感激他嗎？

他想起了那頭猛然從籠中竄出的黑豹。想起每一次有人在黑豹前叫囂，嚇唬他、群眾的惡意，還有那些漫不經心的嘲笑。以往牠每一次的反抗總換來痛打，然而今天，牠的瞳孔閃爍著光，當牠咬進經理的喉嚨時，所有人都恐懼地向後退去。

唐強閉上眼睛，聽見心臟劇烈地跳動，血液滾燙地翻騰，像是一種前所未有的衝動正在體內燃燒，形成一種陌生的快感。

女孩忽然猛地抽搐了一下，口中吐出一口積水，胸口劇烈地起伏。

唐強聽著她不規律的喘息聲，緩緩拿起一旁的枕頭。

這次，不需要再聽他們的話了。

雨聲繼續落下，昏黃的燈光搖晃。他用枕頭輕輕地壓在女孩的臉上，感受到她的身體微微顫動，然後漸漸地，停止了掙扎。

唐強移開枕頭，看著她蒼白的臉，嘴唇微張，像一件尚未完工的雕塑。他低頭，看著自己顫抖的雙手，一股強力的生命力在體內流動，本來裹足不前的身體，突然似被鬆綁了，腦子變得澄空一片。

唐強看著躺在木板床上的女孩，突然之間感到了一陣久違的快樂——

小時候擁有一件偷來的玩具的感覺。

這玩具，從今以後，只屬於他自己。

第十四章・一九九三年

——「他站在那具灰色的屍體前，高舉鐵棒，一下又一下，重擊下去。」

懷森穿過油漆已經剝落的歡樂拱門，目光迅速掃過四周，樂園卻比他想像的還要「熱鬧」——幾個便衣警員散落在園內，一人站在鬼屋前，手裡翻著筆記本，視線卻不停掃視四周；另一人蹲在垃圾桶旁，點燃一支煙，卻一直在觀察每一個角落。

懷森加快腳步，從攤位買了一個布偶夾在腋下，低頭避開人群，他得比警察先找到她們——警方要查的，是最近這幾個月的失蹤案，而他要找的，是十年前的真相，他知道自己走到了懸崖邊，真相就在腳下。

他不再是當年那個站在動物園長椅上，看著妹妹跑進雨裡的少年，他也不再相信警察，他站在這裡，是為了把她從時間裡挖出來。

他隨機找了幾名遊樂園員工，拿出照片：「這兩個女孩，你見過嗎？」有些人甚至連照片都沒多看一眼，便搖搖頭，彷彿不想捲入麻煩。

他繞著樂園偏僻處走，來到那個荒廢的動物園，鐵籠仍在，卻堆滿了建築廢料和樂園招牌，不遠處一道新新簇簇的牆，卻顯得有點突兀——牆上掃了一半的白色油漆，另像是某人本來計劃修補，卻突然中止了，牆邊擱著未開封的油漆桶、刷子。

懷森低頭用鞋尖碰了碰地上的刷子，上頭的漆早已乾透。

異樣的氣味撲鼻，不是油漆的化學劑味道，更像腐爛的布料氣息，混雜著腥臭。

「嘖，這鬼味還沒散…………」一個身形瘦削，穿著員工服的老婦人，曲著背蹲在地上，點燃了一炷香燭，插進磚縫裡。

只搖搖頭。

懷森走近，遞上淩南和林貞貞的照片詢問，老婦瞇著眼，也不知看得是否清楚，

「那你認識個一拐一拐，瘸了腿的員工嗎？」

「哦……你説老強是吧？」老婦輕輕抬起下巴，指向後方。「很久沒見過他了，怕是病了，在地牢待著吧！」

懷森順著她的目光望去——那是一個老舊的遊戲區，被廢棄的攤位用帆布草草蓋住。

「不過我勸你別過去，那地方……有點邪門。」

懷森不及細想，朝攤位走去，只見有幾尊蠟像倒在地上，有的斷了肢體，獎品櫃零星的布偶已覆滿灰塵，幾隻蒼蠅圍著沾在地上的污水盤旋。

懷森的視線落在帆布後方，一條幽暗通往地下的樓梯。他掀起帆布，靠著微弱的

光線，緩緩踏下第一級階梯，走了幾步，便聞到一陣像是腐爛的肉般的惡臭，連忙摀住了口鼻。

樓梯深處，鐵閘敞著，一截被剪斷的粗鐵鏈仍垂掛在門側。有人來過這裡。

懷森伸手慢慢推開門，金屬與地面摩擦，發出低沉的嘎吱聲。強烈的腥羶惡臭撲鼻而來，幾乎令人作嘔。他輕輕敲了敲門框，聲音在黑暗中迴盪，卻沒人回應。

懷森放慢腳步入內，鎢絲燈懸掛在天花板，微弱的光線下可見一個簡陋的起居室，卻明顯凌亂不堪，像是曾經發生過劇烈的掙扎。椅子翻倒，一些雕刻工具灑落一地。仔細一看，牆上掛著密密麻麻的葫蘆，每個葫蘆上都貼著黃色的符紙，像是某種鎮壓的儀式——那是鎮壓鬼魂的物品。房間角落擺有簡陋的床鋪，毯子皺成一團，上面沾著深色的污漬。

懷森視線下移，停在地上散落的雜物上。他蹲下身，撿起物品細看：封面印著兔子的卡通筆記本、一雙沾滿泥巴的帆布鞋子、淺紫花紋的連身裙子，沾著一點乾涸的褐色血跡。懷森記得，數月前的報紙上，刊出了失蹤女孩的照片，她站在迴旋木馬前，微笑著，穿的正是這條裙子。

懷森繼續翻動那些凌亂的雜物，當見到一抹熟悉的顏色時，他的身體驟然僵住。

那是一件黃色的雨衣，布料早已發舊變硬，但前方印著的字樣——「瑪烈醫院慈善日」，仍清晰可見。

最後一次看見雅兒時，她穿的就是這件衣服。

他幾乎無法呼吸，把衣服緊緊摟進懷裡，低下頭，額角輕抵著布料，身體微微顫抖，那是他這多年後，最接近她的一次，一瞬間幾乎有種錯覺，把失去的妹妹重新抱在懷裡。

這件衣服還在，那她呢？

他抬起頭，視線茫然掃視四周，才注意到，房間盡頭，有一個通往下一層的地板門。

懷森腦袋一片空白，雙腿幾乎無法動彈。一陣強烈的恐懼主宰著他的身體。

強烈的腐臭氣息正是從那裡飄來。

他低頭看著那件手中的雨衣，十年前的自己選擇逃避，這次他不會再屈服了。

他緩緩站起來，走到那扇門前，握緊門把，緩緩拉開。

無數飛蠅撲面而來，懷森舉臂撥開，吃力睜開眼，燈光照不進去，卻隱約可見無數白色的蛆蟲在地板上扭動。

地板下，躺著一道模糊的灰色影子，懷森花了數秒，才辨認出那是甚麼，一具扭曲、面目難辨的人形屍體。旁邊，則有無數畸形的人形標本。

懷森猛然轉身，像頭受困的野獸，在黑暗中翻找，他踢開散落的畫具和碎裂的玻璃瓶，抄起一根生鏽的鐵棒。他幾乎忘了呼吸，也忘了恐懼，往密室跳下去，瘋狂地揮動鐵棒。那些畸形的人形標本破碎——石膏頭顱滾落，蠟製手臂折斷，假眼珠蹦跳著，在地下四散。

最後，他站在那具灰色的屍體前，高舉鐵棒，一下又一下，重擊下去。

第三部

第十五章

香港的七月，烈日炙烤著水泥大廈，將街道烘得發燙。

地下鐵依舊擠滿上班族，腳步急促，年輕人在街頭談戀愛。社會仍然運轉，時間從未停下。活著的人，不得不繼續。

懷森躺在病床上，兩日一夜後，才緩緩醒來。口中泛苦，眼皮沉重，胃裡一陣痙攣，護士遞上杯水，懷森搖搖頭，根本不想進食。

「你脫水嚴重，體內有輕微感染，還需要休息幾天。」醫生囑咐道。

懷森沒有回應，只看著輸液管，透明液體一滴一滴，滴進靜脈。

醫生離開後，病房的門再次被推開，兩名便衣警員走進來，步伐沉穩，眼神審視。

「周懷森，」他在病床邊站定，語氣不冷不熱：「能說話嗎？」

「我們長話短說，」見懷森沒有回應，警員續：「遊樂園的地下密室內，發現一具屍體，經法醫鑑定，死者為六十二歲男子唐強，死亡時間約為三週至四週前——也就是說，你到達現場時，他早已死亡。」警員續說：「死者身上有刺傷，不排除他殺，但也沒有明確証據。相信致命原因，是頭部遭受撞擊後，頭部感染導致敗血症死亡。」

懷森動了動指尖，像是在確認自己是否還有力氣握拳。

警員目光一轉：「現場發現了被蓄意破壞的標本與殘肢。」警方懷疑，唐強是以自己行動不便的形象，博取少女同情，再在鬧市中將她們引至偏僻地點，最後帶往地牢殺害與處理。

病房內空氣瞬間被壓縮，懷森聽著報告，內心無法言喻，像是一個早已預知的答案，真正聽見時卻仍感到陌生，連嘔吐的力氣也拿不出來。

警員頓了頓，語氣意味不明：「你能解釋，為甚麼會出現在那裡嗎？」

懷森睜開眼，定神望向他們，才認得正是在聖教學校那天，對他問話的兩名警員。

「現場被大量破壞——」

「你們可以讓他休息嗎？」凌安砂紙般粗糙的聲音從病房門口傳來，「這裡不是審訊室。」凌安手裡拎著幾袋探病用的外賣，徐步走進來，將食物放在病床旁的小桌子上，垂眼整理塑膠袋。

警員的目光在她和懷森之間來回掃視，語氣不變：「根據警方紀錄，你有刑事前科，亦與林貞貞的失蹤——」

「是我報的案。」凌安說道：「要不要連我也盤問？」

警員沉住氣，語速放慢：「小姐，儘快找出真相，才能讓死者安息。」

「真相？難道你們不該花時間去檢驗那些屍體？」凌安冷淡地說，頭也不抬，熟練地拆開外賣袋：「那些失蹤女孩的家人，都在等消息。」

「鑑證科的同事正在努力，由於遺體曾被化學處理——」

凌安抬起頭，眼神發冷：「兇手的屍體不是就在那裡嗎？」

現場陷入一片沉默，遠處的護士站在走廊，聽見爭執聲，不由得向這邊張望。

眾人的目光放在凌安身上，只見她手不由自主地抖震，把熱壺中的滾燙的粥倒瀉，燙得手背通紅。她沒有吭聲，僅僅是把沾滿粥的手抹在牛仔褲上，然後倒坐在病床邊的椅子上。

懷森從沒見過她這副模樣。

「我是失蹤者凌南的姊姊。」她低聲說道。

警員沉默了一瞬，緊抿嘴唇，露出一絲遺憾。

「她小時候，最怕水。」良久，凌安幽幽開口，聲音像從喉嚨深處擠出來，「但她總是拉著我去碼頭玩。」

她的手指在牛仔褲上輕輕摩擦。「我們會假裝……整個世界是一張大棉被，只要我們緊緊抓著，就不會被甩開。」話音落下，她停頓了一下，嘴角有些顫抖，像是想笑，卻笑不出來：「她每次都會咯咯笑著說：『別放手哦，不然我們會飄走！』」

凌安嘴角扭成一個勉強的笑，喉結滾動了幾下，隨即低下頭：「我不想放手……」

她嗓音顫抖：「可是……你們知道嗎？當你不知道她是生是死時，」每個字都像從胸腔裡擠出來：「每一晚，我也在想，我是否錯過了甚麼……」

「現在，她……不在了。」她的聲音很輕，像落在水面的羽毛。

「我只想知道，她是不是在那裡。」凌安抬頭，眼眶泛紅。

懷森閉上雙眼，指尖輕輕握緊被單，每一個字，他都聽得清清楚楚。

每一個在那裡死去的女孩，都有一個家人，在等她回家。這十多年來，他一直活在這樣的話語裡。

他一度以為，自己早就接受了雅兒的死——自從在山上點頭承認手臂屬於妹妹開結；從在少年法庭上低頭認罪那一刻；從一次又一次，在夢中醒來，看到手腕上的瘀痕的每一個清晨。所有痛，都來自承認了她的死亡，他以為那些痛苦已經足夠抵罪。

但原來還是會這樣痛——她被遺棄在那樣的地獄裡，她不該那樣死去。

＊＊＊

警署的證物室比想像中更加寬敞。白色的日光燈掛在天花板上，光線筆直地落在擺滿物件的木桌上，勾勒出物件的輪廓。

每件物品存在透明膠袋中，前方放有一個號碼牌。

空氣中殘存著消毒水的氣味，像是要抹去一切與生命有關的氣息，然而，桌面上的物品似乎還帶著溫度。

日程簿、帆布鞋、裙子、還有微微泛黃的白色校服；邊角磨損的美少女筆盒；有點生繡的髮夾……

當中也包括周雅兒的黃色雨衣——正是當年懷森報稱妹妹失蹤時的衣著。警方藉此確認身份，撤銷了對他的懷疑。

「犯人沒有保留死者的身份證明文件，」負責的警員語氣平靜：「警方需要你們的協助，確認是否屬於失蹤者。」警員交代後，隨即站到房中的角落。

懷森走在淩安身後，兩人的腳步聲在寂靜的空間裡顯得清晰而沉重。

從右首一號的遺物起走過去，每經過一件物品，淩安便停頓片刻，似是在腦袋中翻閱有關妹妹的記憶。

一件件遺物靜靜地躺在那裡，沉默地望著他們，像是極力想要訴說甚麼，卻無法發出聲音。生者與死者之間，橫亙著一道無法跨越的鴻溝。

走到一條紅色的幸運繩結前，淩安停下了腳步。她的視線緊緊鎖在那條細細的紅線上，像是在確認。抬起手，指尖懸在空中，沒有碰觸，僵持了數秒。然後，終於輕輕掇起封袋，指腹隔著塑膠，摩挲著那已經有些毛邊的絲線。

「是她的。」淩安的聲音很輕，輕得像是在對自己說。

懷森沒有回應，只是微微側身，視線掃過桌上的其他物品。

他瞥了一眼那黃色雨衣，視線沒有停留。

＊＊＊

渡輪上的海風帶著潮水的腥味，帶著夜晚特有的濕涼，從衣領縫隙滲入皮膚。

凌安倚著欄杆，風撩起她額前的髮絲，她卻沒有整理，目光空落落地盯著遠方的海面，遠方高樓大廈的的光線一明一暗。

懷森站在她身側，雙手插進口袋。良久，懷森打破沉默：「沒有找到她們的屍體。」

凌安沒有反應。在她完成辨認後，懷森陪同林貞貞的父母辦理確認手續。林母在看到貞貞的物品時幾乎昏厥過去，懷森不得不扶住她，才能讓她勉強站穩。

然而，警方最終依然無法辨認出凌南與林貞貞的遺骸。從大量經過化學處理的骸骨與殘肢中，只能確認三名身份特徵明顯的受害者，全部不超過十五歲。

「法律上，如果沒有找到她們——」

「律師說……」凌安似是沒有聽到懷森的說話，一邊像機械人般說道：「可以申請宣告死亡了。」

懷森試圖整理措辭，「你不明白，即使兇手還活著，警方也只是想儘快結案，更何況——」

「懷森……」凌安開口，像是終於下定了某個決心。她深吸一口氣，才繼續道：「是時候結束了。」

懷森的視線沒有從她身上移開：「你不覺得巧合嗎？」

「他剛好在這個時候死去，剛好在我到之前。」他低語，「你沒有想過，為甚麼她們會出現在那裡？」

「她們在那裡，便是答案。」

「那不是全部！」懷森突然抓住她手腕，指甲幾乎陷進她的皮膚：「你怎麼就這樣接受？甚至連她們最後經歷了甚麼都不知道——」

「你想怎樣確認？」凌安倏地抬起頭，猛地掙開他的手。

懷森沒有說話，只是看著她。

「兇手已經死了！」她的聲音有些發顫，卻更像是在對自己說話。月光落在她的臉上，映出微弱的光影，是瞬間失去了力氣：「你想怎樣確認？把那男人從地獄拉出來拷問嗎？告訴你他是怎麼折磨她們的？她們怎麼求饒……」

懷森抬起拳頭，狠狠砸在欄杆上。金屬發出鈍響。一次、兩次，直到關節泛紅，才勉強讓他感覺自己還握得住甚麼。

「有一刻，我有一點期待她的屍體的出現……」凌安茫然地望著海邊，感覺像是用盡了力氣，才拼湊出想要說的話：「因為那樣，我就知道她不會痛了。」像是說著別人的故事一般。

「總會有些甚麼……」懷森呢喃著，望向深沉的大海，月光掠過浪尖，短暫地照過他的臉，那一瞬間，凌南從他的臉上看到了甚麼，不是傷痛，不是憤怒，是一直以來壓抑著，近乎虔誠的瘋狂。

「你其實不是因為貞貞，也不是因為凌南——」凌安停頓了一下。

「你是為了她，對吧？」

懷森的下頜線繃緊，臉容不由自主地抽搐，像是有甚麼要從他的靈魂裡逃出來。

「我一直覺得你比我聰明……」凌安輕聲道，語氣聽不出是嘲諷，還是某種遲來的惋惜：「難道你不覺得，你只是在一遍又一遍懲罰自己？」

懷森低頭，目光落在自己手腕的淡啡色的疤痕上。

他突然不確定了。

不確定到底這十年來，自己究竟是為了拼湊妹妹死亡的真相——還是為了救贖？

第十六章

——「我一直以為，如果我不痛苦，就是背叛了她。」

樂園事件後，學校在學期結束前給懷森放了長假，認為他不適合回到課堂。

同時，傳媒展開了鋪天蓋地的報道。傳媒及社會大眾一方面對案件血腥殘忍感到嘩然，一方面各式各樣獵奇心態、奇形怪狀的報道，如雨後春筍般浮現，甚至有以案件為藍本的電影上映。

人們討論著受害者的數字，但沒有人真正關心那些數字後的名字。

警方花了數月對現場的遺體進行基因檢測，透過牙齒、骨骼比對，最終確認其中五名受害者的身份——然而，名單中仍然沒有林貞貞，也沒有淩南。

至於十年前被宣告死亡的周雅兒，即使這次終於證實了她的身份，也沒人關心細節，她只是獵奇故事的一部份。

在認領遺物後，懷森與淩安之間的聯繫，像是一條斷了線的風箏。

兩人沒有刻意避開彼此，卻也沒有再說過話。只是，一度把兩人連結在一起的意義突然消失，任何的對話似乎也顯得多餘。

偶爾，懷森經過淩記，會看見淩安忙著端菜、收帳，與客人開玩笑，像一切都沒有變過。她的生活已經重回了軌道。

而他只是站在店門外，點頭示意，沒有再踏進去一步。

＊＊＊

直至一年後的一個早上，他在信箱裡看見一封信函，筆畫深淺不一，墨跡在紙張上滲開——「凌南訃聞」，落款是：「謹告 凌安」。

喪禮定在週五，設靈的地方在碼頭旁的一間單層鐵皮寮屋。島上居民離世，通常也在此設靈。

時近黃昏，懷森穿好黑色西裝，卻一直在碼頭徘徊。他不確定自己該不該去，也不確定，這封訃告是否只是出於禮貌。

碼頭上人來人往，情侶牽著手，乘著渡輪離島度假；回家的居民提著大包小包，笑著談論晚餐要吃甚麼。人潮的流動如此輕鬆自然，像是所有過去的悲劇都不曾存在。

他一直等到遊客漸見稀疏，才深吸一口氣，決定走向寮屋。

鐵皮寮屋掛著「海浪亭」的舊木牌。這地方與其說是寮屋，更像是臨時搭建的靈棚。前門敞開，從外頭能直接望見正中央的靈照——凌南的遺像。照片中的凌南捲髮蓬鬆，眼下兩顆淚痣被香煙燻得模糊。門外堆著大大小小的白花與弔唁花圈，屋內擺著數十張摺椅，供親友停留休息。

懷森看著靈照，心頭忽然浮現多年前妹妹的葬禮，記憶模糊而遙遠。弔唁者眾多，懷森從遠處便看到穿喪服的淩安，正東奔西走，忙著打點一切，直到見到懷森。

「我媽不在，」淩安走上前，臉容失去了以往的生命力，對懷森說：「她現在記性不好，我沒告訴她。」

靈堂外一樹之隔，便是大街上的小食店和火鍋店，路過的居民也不忌諱。送殯的親友漸漸離開，靈堂外的夜色降臨。

當懷森正準備起身離開時，身後傳來淩安的聲音，「對不起。」她站在他面前，眼神帶著歉意，語調低而穩。

懷森愣住。

＊＊＊

兩人走到「海浪亭」的不遠處，喪禮仍有零星的親友逗留。兩人打開啤酒，凌安掏出香煙，這是她整晚的神經第一次放鬆下來。

「上次是我過份了。」凌安說。

「道歉的應該是我。」懷森低頭沉默片刻，像是在權衡該如何開口，最後才緩緩挽起袖子，露出手腕上的一道淡淡的傷痕。

「在男童院時，有個特別冷的早晨，他們在廁所找到我，已經沒有意識，手上綁著麻繩。要是再遲一點，我大概就沒命了。」

「當時事情鬧得很大，把全院的人都抽出來盤問，我卻一點記憶也沒有。」

「很奇怪吧？」懷森說道：「後來才發現，是我夢遊時把自己綁起來的。」

了。」

「創傷後遺症。」他低頭，看著手腕的疤痕。「那時候，我的意識和身體已經分開了。」

「後來情況總算穩定下來……直到那一晚，林貞貞失蹤的那一晚。」懷森像是在陳述一個遙遠的過去般，把十年前在樂園下午的事詳細道來。話語落下後，空氣裡卻有一種無法言喻的沉重感。

凌安靜靜地聽著，她從食客間聽過關於懷森的零星傳聞，卻從未聽懷森親口提及。這是第一次，但她沒有追問。

「對不起，迫你聽了這麼多。」 懷森低頭，指尖輕輕摩挲著那道淡淡的印記，像是在思索它究竟代表甚麼。

「我想說的是，我的判斷……可能的確被蒙蔽了。」說到一半，懷森卻停了下來，「如果我那時……」

「……懷森。」凌安低聲開口，語調很輕：「他們在海灘找到凌南的頭骨。」

「你那時的判斷沒有錯。」她的喉嚨微微動了一下，像是有甚麼話哽在那裡。良久，她才呢喃道：「只是你有沒有想過，有些事情，也許一輩子都不會有答案？」

「你是指她們，還是……」

凌安搖頭，嘴角帶著一絲疲憊的微笑。

「不僅僅是這些。」她頓了一下，像是在整理語言。「我一直以為，如果我不痛苦，就是背叛了她。」她的聲音很淡：「但現在我覺得，也許我們都已經付出了代價。」

「這一年，我學會了，接受混亂是人生的一部份。」她的視線落在地上，像是在咀嚼著自己的話語，「我可以懷念她，也可以盼望她回來。」

她輕輕吐出一口氣，聲音有些嘶啞：「奇怪地，我是在和媽媽相處時學到這一點的。」

懷森微微皺眉，沒有接話。

「她現在甚至不記得我是誰，每天，她都會重複問一些舊事，零零碎碎的記憶，時真時假。一開始，我想糾正她，後來發現，那根本沒有意義。」

懷森偏過頭，看著她的側臉，燈光打在她的喪服上，麻色布料輕輕垂落在手臂。

「與其糾正她，不如陪著她在那個模糊的世界裡活著。」說到這裡，她終於動了動，指尖輕輕敲了敲煙盒，像是想重新點燃一支，卻沒有真的拿出來，像在權衡些甚麼。

她深吸了一口氣，從口袋中取出一封信。

懷森目光停留在那封信上——異國的郵票，鮮紅色的印戳。

「這是……幾星期前收到的。」她頓了頓：「我收到的時候……不確定該不該給你。它來得太晚了。我不知道，這是讓一切更清楚，還是讓一切更亂。」

懷森接過，拆開信封，滿頁的日文字跡映入眼簾，陌生而遙遠，像等待被解讀的訊息，「你說得對，但我不只是為了她……還為了我自己，」懷森望著信紙，像是對自己說，「像一根刺，提醒著我。」

凌安沒有立刻回答。

「妹妹的死，我已經不可能、也不想知道細節……」她輕輕地說，「我只能接受，帶著它往前走。」

「對我來說，」懷森的視線仍停留在信上：「繼續去追尋真相，是我唯一知道，怎麼面對未知的方法。」他頓了頓，喉頭一陣緊縮：「否則我無法面對自己。」

「放手……」凌安說：「並不等於背叛她。」

他垂下眼，指尖輕輕摩挲著信封的邊緣。

這一刻，他才意識到，這封信的答案最後是甚麼，或許早已經無關緊要。

但他必須把路走完。

第四部

第十七章

——「只要能活著，活著，活著！不管怎樣活著，——只要活著就好！」

林貞貞安靜地坐在餐桌旁，母親躺在沙發上，額角尚在淌血，頸上有一道深紫的瘀痕，空氣中有濃厚的酒精氣息，還有煩人的哭聲，哭聲卻不是來自母親，而是來自父親。

「對不起，你們信我！再也不會犯，爸爸甚麼時候騙過你？」父親跪在地上，聲淚俱下，還拉著林貞貞校服的裙擺。林貞貞望著被摔在地上的電話，電話筒裡頭傳來斷線的聲音。

上來。

她從來不哭，只是用手壓住胃部，那裡總是在這種時候微微抽痛，像是胃酸被迫

數句鐘前，貞貞在房裡聽著喝醉的父親和母親爭拗，最後只有砰砰嘭嘭的聲音。貞貞衝出廳外想要報警，制止她的卻是母親。

每一次也是如此，貞貞討厭母親的懦弱，但對父親這空洞的道歉，更加痛恨。

「他們開頭哭泣，後來就習慣了。人是卑鄙的東西，甚麼都會習慣的！」

林貞貞看著父親拉著他裙擺的雙手，還有因哭泣而扭曲的五官，沒有回應，心裡只默默回想著《罪與罰》的一句話。

＊＊＊

從離島往學校的渡輪上，林貞貞從書包裡掏出那本殘舊的圖書，封面雖然殘破不堪，以懷舊圓渾的字體印著的《罪與罰》仍清晰可見，書背的穿線已有點脱掉，林貞珍而重之地打開書本，像是參考神聖的古籍一樣，手指無意識地觸碰被螢光筆密密麻麻地間起來的文字，心裡才感到一點平靜。

每次她感到心神恍惚，便會打開書本。之所以焦慮，卻並不是因為那該死的父親，而是因為重遇淩南。

「是時候贖罪了。」淩南在醫院竟説要向警察自首，她瘋了嗎？

儘管覺得荒謬，林貞貞並不感到意外，淩南仍是那麼簡單和善良，一種建基於她的美麗和幸運的特質。成長中被善意接待的人，就像活在陽光底下似的植物。想到這裡，林貞貞心裡便覺得不甘，她好不容易才從那過去活下來，她卻想把埋藏在泥土下的髒坑都翻出來。

然而她卻討厭不了淩南。

或許讓她更心神不寧的，是周懷森老師。絕不會弄錯，報紙上所寫，周雅兒的哥哥，便是周懷森。

為何他會來到聖教書院？他是否知道周雅兒的秘密？不可能的。即使他知道了，關於當年的一切證據，也都灰飛煙滅。

不可否認的，是他對自己有異乎尋常的關注。

只要淩南那裡不出岔子便好，可是又要怎麼確保？

林貞貞的心跳加快，眼神不由自主地移到書頁上。

「只要能活著，活著，活著！不管怎樣活著，——只要活著就好！」

心頭不自覺地緊了一下，視線模糊起來，彷彿一切又回到那個時刻和空間，老舊圖書的氣味，柔軟厚重的地毯，所有事物都是靜止凝結的。林貞貞不記得有多少個下午，她會逃到圖書館裡去，在那裡，她不會感到時間的流逝，不會有別人的存在，只有意識的流淌。

那個下午，是她十二歲的生日，她許的生日願望，是希望上帝賜予她勇氣自殺。

但她無法鼓起勇氣，又如常逃到了圖書館。如常——父親如常地喝醉，向母親動手，清醒後哭著道歉，她沒有反抗，也不敢逃走；走進課室，鄰座同學因害怕她手上的皮膚病，下意識地縮開；還有在荔園的那一天——如果她當時留下來，周雅兒是否不用死？

林貞貞找到一角無人的角落，靜靜地打開圖書館的窗戶，找來了幾本書作梯級，發現不夠高，又從書架上拿來幾本更厚的書。

一切痛苦快將完結。

視線被淚水模糊的一刻，一股力量把她拉了下來。

林貞貞抹一下眼淚，眼前是平日坐在那裡的圖書管理員，一個頭髮花白，從不說話的老伯，平和的臉容散發著卡通片裡的「爺爺」的氣息，林貞貞直至現在也不知道他的名字。

他跟她說，只要活著就好，那是唯一正確的真理，他在書上學會的，然後把他工作桌上唯一一本書送給她。

除了淩南以外，那是林貞貞第二次在別人身上感到善意。

此後，那個伯伯也沒有說甚麼，每見到林貞貞也是微笑點頭，就像確認她還安好一樣。

這時她才發現，相較起父親空白的道歉，這種默默、微小的善意有意義多了。

或者，她要活下來，就當以後的每一天，都是贖罪的機會，像那伯伯一樣向別人釋出善意，無論那善意有多微不足道。

但是無論如何，也要活下來，而活下來意味著要把潛在的危險除掉。

周懷森——他到底知道多少？那故意在堂上的發問，到底是挑釁，還是試探？

她不能坐以待斃，必須在淩南做出任何行動以前，採取行動。

第十八章

課後的圖書館，燈光昏暗，除了門口的管理員，已沒有學生。

林貞貞站在書架的暗處，從書架的縫隙中，注視著站在前方的周懷森，他低著頭，掃視著書架上的書，又蹲下來，掏出下層翻閱一本厚厚的剪報，似乎沒有注意到她的存在。

林貞貞輕輕移動腳步，走到周懷森身邊，也跟著蹲下來，靠近周懷森，從他手上把剪報拿過來，擱在自己的大腿上，腿上裙褶像書頁般展開。

「你知道人腦的溝回……和這些書架的排列很像嗎？」她的手拍劃過書脊，目光卻仍鎖在剪報上。

周懷森本沒有察覺林貞貞的存在，伸手想要從林貞貞手上取回剪報，林貞貞卻隨即把剪報揚起。周懷森意識到兩人過於接近的距離，隨即縮回去。

「1983年的尋人廣告……」貞貞目光回到剪報上，用上課提問的語氣問道：「老師，我沒想到你對這些事情這麼有興趣。」

周懷森沒料到她的提問，愣了一下，下意識地環顧四周，依舊寧靜無人。

「你來到我們學校，到底是為了甚麼？」林貞貞視線停留眼前的檔案上，隨意地翻閱手中的檔案。

「自然是教書，」周懷森聽得出林貞貞的話裡有一絲捉摸不透的東西，「如果你有其他疑問，可以直接說。」

「那你敢不敢承認……」林貞貞側過頭來，用不高的聲音説著，「你對我特別感興趣？」但尾音輕輕上挑，像一根細細的絃，撥動了圖書館內寧靜的空氣。

「我不明白你的意思。」

「你翻過我的抽屜，不是嗎？」林貞貞倏地站起來，把剪報收在身後，大腿幾乎要碰到懷森的臉。

周懷森也跟著站起來，打量著比他矮了一個頭的林貞貞——平日謹言慎行的她，此刻滲透著一種他從未見過的侵略性，一種年輕女孩獨有、甚至帶點誘惑性的侵略性。

「我只想幫助學生。」周懷森語氣緩慢且堅定：「你或許不信，但我可以告訴你，我很重視這個責任。」

「那你覺得翻別人的東西是幫助的方式嗎？」

「那是因為你父親的事——」

林貞貞輕笑了一聲，緩緩走近了一步，靠在書架旁，注視著周懷森的表情：「你看我的眼神，和看其他學生不一樣，對吧？」

周懷森沉默片刻，「有時候，需要有人伸出援手——」

「——可是我不需要。」林貞貞直視周懷森，語氣有點警告的意味。

林貞貞微微向前傾身，語氣低得幾乎像在耳邊呢喃：「你不是也有甚麼不想讓人知道的事？過去……不願意提起的事？」

這句話像一根針，準確地刺入周懷森的心裡，周懷森的眉頭皺得更緊。

「這話是麼意思？」兩人的距離近到讓人有點不自在。

「我爸爸……嗯，你一定從社工那裡，聽說過他打我媽媽的事吧？」林貞貞轉過身來，指尖漫不經心地掃過書架上的書，像幫助自己整理將要說出口的話一樣，「很多個早上，我是從家裡逃出來的，有時候，我要躡手躡腳地，從哭喊著……面目全非的媽媽身旁，把正在晾乾的校服靜靜地拿過來。」林貞貞微微一笑，笑裡有點譏諷的意味：「就只怕做錯了甚麼，惹怒了那瘋子。每一次逃到學校，我也想過把他所有的惡行，全傾訴出來，誰也好，說出來一定舒服一點。」

她頓了頓，語氣變得輕柔，「但最後，我很高興我沒有這樣做，我寧願沒有人知道，畢竟十年後，根本沒有人會記得，也沒有人會在乎。」林貞貞揚起手上的檔案：「就像這些人，十年後，不過變成了報紙上的墨水，不是嗎？」

「我的確特別關心你。」周懷森深吸了一口氣，微微側身靠在書架上，目光落在地毯的一點，「但不是你以為……」林貞貞的眉毛揚了起來。

「……那種興趣。或許是因為你過去的傷痕，或許是你現在的反抗，或許是我自己……我也不確定。但有一點可以肯定，我沒惡意。」

林貞貞直勾勾地盯著著周懷森，像是要穿透對方的防線。

「不過看來，這些話對你來說大概也毫無意義吧。」周懷森說道。

林貞貞嘴角揚起，笑裡透著幾分挑釁，透著一種不符合她年齡的冷靜和威脅，靠近懷森，在他耳邊壓低聲音道：「如果你真的在乎我，為甚麼不像其他老師一樣，保持距離？」

周懷森剛想反駁，卻被林貞貞下一個動作打斷——

只見林貞貞忽然用手扯開自己深藍校服的領口，露出一截雪白的鎖骨，「如果我現在大喊，說你騷擾我，你猜會發生甚麼事？」輕輕撩起瀏海，定神望著懷森。

周懷森皺起眉頭，語氣帶著一絲不容置疑的堅定，「貞貞，你在選擇錯的路。」

林貞貞沉默了一會兒，眼神閃過一絲猶豫，接著不徐不疾地整理好校服，彷彿剛才的一切都沒有發生過。她轉身，邊走邊留下一句話：「老師，我只是提醒你，別再關注我了，也別再想挖甚麼秘密。」

第十九章·一九八三年／一九九三年

——「她的從容，她的善良，曾經讓她覺得安心，現在卻讓她覺得遙不可及，甚至……讓她有點嫉妒。」

「不用怕啊，我會保護你。」

這是淩南在第一次見林貞貞見面時對她說的，那時候，她們才八歲，淩南擋在那些嘲笑她的孩子面前，那彷彿帶著光芒的聲音，溫暖而堅定。

然而，此刻林貞貞冷笑了一下，溫暖的話己變得模糊。林貞貞握緊了工具袋的手微微顫抖，隨口深吸一口氣，將袋子往地上一摔。

林貞貞站在下水道的入口前，雨點打在她的頭頂和肩膊上，下水道周圍的泥土似乎比她記憶中厚重。

十年前，她和淩南在這裡逃出生天，潮濕的地下水道，腐臭的氣味，不見五指的黑暗。只是這次，淩南不在她身旁。

林貞貞蹲下身，打量著入口前四周的泥土，顯然被人重新覆蓋，層層疊疊，即時被雨水打濕，還隱約留著被壓實的痕跡，甚至可見泥土背後重新加固的封條——不久之前，有人來過，而且試圖將這裡的秘密永遠掩埋。

像對著一扇古老的門呢喃——我知道你在裡面，她能感覺到。

林貞貞從工具袋裡抽出鏟子，不徐不急地開始挖掘，雨水順著她的臉頰滑落，混著飛濺的泥土流到嘴裡，帶著微苦的味道。鐵鏟與手指磨擦產生的痛感，讓她的記憶不住流淌——

那是十年前，在瑪烈醫院病房的下午。

病房內的孩子圍成一個圈，笑聲此起彼伏。林貞貞卻總像透明的一個。她下意識低下頭，讓參差不齊的瀏海遮住眼睛，那是父親喝醉後替她剪的，說可以「遮住那雙鬼祟眼睛。她站在一旁，拉下自己的衣袖，試圖遮掩手背上那像魚鱗的皮膚，即使感覺到手開始發癢，也不敢去抓。

就只希望有一個願意拖著她手的朋友。但每次，他們看到她手上紅紅腫腫的斑塊，總是默默後退；有些更被嚇哭了；最後每一次拖她的，都是病房的呂姑娘。

這一切，在淩南來到的一天悄然改變。

遊戲還是和往常一樣，其他小孩嬉鬧著，林貞貞靜靜站在一旁，日子久了，她幻想自己是地上一個被遺棄的影子，這樣會好過一點。

這時淩南走過來，也沒多說甚麼，像是自然而然的事情一樣，拖著了她的手。沒有絲毫猶豫，像是本來就應該那樣做一樣。那一瞬間，林貞貞的心猛地跳了一下。

她記得抬起頭望向淩南的臉——像洋娃娃一樣，笑起來兩顆淚痣像星星，特別真誠和自然。

「不用怕啊，我會保護你。」普通的一句話，卻讓林貞貞的世界突然有了色彩。對林貞貞來說，一切都顯得那麼正常，彷彿自己和其他的小朋友一樣，值得被保護。

兩人漸漸變成了病房裡的「孖公仔」，常湊在一起玩翻花繩，還研究起各種各樣的圖案來，雙十字、鐵塔、三角板、還有最困難的五角星。

然而這樣的日子也不長久。

周雅兒的出現，改變了病房的遊戲規則。

她的個子比別的小孩高䠷，剛來到病房，便告訴大家，她爸爸是醫院的總理，別人問起她的母親，卻總被她罵回去。

周雅兒本來沒有特別注意林貞貞，但她的身後總有些「小跟班」，默默圍繞在她身旁。他們會故意在林貞貞和凌南前低語幾句，然後放聲大笑，每當林貞貞靠近，便迅速地離開。後來林貞貞知道，他們在玩一個遊戲，叫「傳染病」，說因為她家是賣魚的，往她靠近便會沾上魚腥味，手上的魚鱗也是會傳染的。

林貞貞記得那時候，自己甚至把醫院的消毒藥水偷來，用力地擦洗傷口的痛感，就希望把身上像病毒般的的腥味和皮膚病都洗走。

凌南雖然沒有和他們一起玩，卻再也不像以前那樣無所畏懼地與她站在一起了。像是天生的捕獵者一樣，周雅兒也特別會捕捉別人的弱點。

一晚，她回到病床，只見自己的背包裡的東西被全被翻出來，散落在地上，書本、文具、零食，還有她和凌南一起編的繩結。

林貞貞的手微微顫抖，但她甚麼聲音也沒發出，只是默默地低下頭，把物品一件一件地拾起，她近乎習慣了這些事。

把物品放回書包裡的時候，卻發現書包裡有一隻魚形玩具。那是一條塑膠做的魚，黑白分明，像畫在卡通裡的，滑稽又不真實。可是她盯著那雙圓圓的眼睛，彷彿那魚正嘲笑她，『看，你多丟人。』

她把那小巧光滑魚玩具緊緊捏在手裡，手指微微顫抖，彷彿在它冰冷的表面上尋找甚麼。她握得愈來愈緊，幾乎像要把胸口中的憤怒擠壓出去。

沒事的，不要哭。她幾乎能聽見父親的聲音在腦海中迴盪，夾雜著母親的哭喊聲，還有家具碰撞的聲音。那些聲音曾教她如何忍受痛苦。

林貞貞的身體有點僵硬地收拾書包裡其他的東西。她不想抬頭，怕別人看到她的臉。但就在她彎下腰的時候，周雅兒又把她的書包踢了一下，散落一地。

「夠了！」林貞貞猛地站起來，聲音不大，但眼睛裡帶著她自己都沒意識到的淚光。她緊緊捏著那隻魚形玩具，朝周雅兒瞪了過去，「把書包還給我！」

周雅兒愣了一下，沒想到她敢這麼說話，但很快就恢復了笑容，得意地說，「那你過來拿啊。」

林貞貞緊緊抓著魚玩具，腳步微微往前挪了一下，但又停下來。她的嘴唇抿得死緊，身體微微顫抖，低聲說了一句，「你們別碰我的東西。」

「好啊。」周雅兒說罷，把桌上的消毒藥水朝她的書包一倒，濃烈的消毒氣味一下子衝出來。旁邊的小跟班們笑得更大聲了。

林貞貞呆住，握著玩具魚的手愈來愈緊，她想撲上去，但腳像被釘住了一樣動不了。終於，她慢慢蹲下來，把那些濕透的書本和文具一件一件撿起來。

周雅兒見沒戲，轉身離開，還不忘說一句，「這樣才乾淨。」

林貞貞沒有說話，抱著濕漉漉的東西，一步一步慢慢走向廁所。她站在廁所洗手盤前，把濕透的物品一件一年拿出來洗刷，鼻子仍酸，卻不敢哭。

這時淩南走了進來，沒有說話，只是站在隔壁，拿起一本濕掉的書本，輕輕抖了一下，然後拿出自己的手帕，試圖擦乾它，「沒事的，還能用。」

林貞貞記得自己站在洗手盤前，偷瞄鏡裡的自己，卻不敢真正看進去——自己多丟人。她的髮箍歪了，瀏海亂糟糟、像小狗啃過似的，手上的皮膚在燈光下顯得斑駁，那是她無法抹去的印記，就像她的出身、她的過去。

她偷瞄凌南，只見她像不在意一樣，把自己的東西一件一件攤出來，耐心地擦拭著，嘴角還掛著微笑。

為甚麼她不能像凌南那樣？

她低下頭，指尖抓緊了病人服的邊緣，布料被她攥出了皺摺。她看看自己手背上的皮膚，蒼白、粗糙、佈滿斑痕。又看看凌南，她的從容，她的善良，曾經讓她覺得安心，現在卻讓她覺得遙不可及，甚至……讓她有點嫉妒。

那種從容來自她幸運的家庭，來自她不必像自己一樣時刻防備。想起那些她無數次想反抗卻無能為力的時刻——不是所有人都可以像凌南那樣單純的。

像她這樣的人，要用另一種方式生存。

「他們太過份了。」林貞貞輕聲說。

「如果你覺得委屈，就讓她們知道你不是那麼好欺負的。」

貞貞抬起頭，看著鏡子裡的自己。

這一次，她直視自己。

＊＊＊

雨下得越急越冷，狠狠拍在林貞貞身上，她卻無處可逃。

林貞貞站在下水道前，感到手臂發麻，肩膀劇痛，無力地癱坐在地上。她看著自己的手掌，碎石和泥土嵌進指縫，血水滲進掌心，手指卻幾乎沒有了感覺。

再十年以後，誰會在乎？

她站起身來，把鏟子放回工具袋中，要不……這樣走吧。

走了幾步，卻又停下來。

……這是我欠你的。

林貞貞蹲回去，再次拿出鏟子，像機械一般使勁地挖掘，這一次，她再也不想身上的疼痛。

也不知過了多久，終於摸到了入口處上的木條，林貞貞從工具袋拿出螺絲起子，咬緊牙關，用盡了力氣把釘子起出來。

手指碰到了下水道蓋上滑溜的黏物，一陣噁心，林貞貞一點、一點將厚重的渠蓋打開。

鐵門下有股潮濕腐臭的味道，林貞貞胃部一陣翻滾，屏住呼吸，拿出手電筒，微弱的光束切開黑暗，往地下水道照進去。

下水道比她記憶中的還要深，還要黑，光線僅能照亮一小片區域，只見牆壁潮濕發黏，彷彿稍微遠一點，黑暗就會像活物般吞噬掉一切。

她的手顫抖了一下，深吸一口氣，往洞裡走進去。

腳下的水似乎混濁不堪，林貞貞把鐵門掩上，水道內只剩下她的呼吸和水滴落下的聲音，在這片死寂中顯得格外清晰。

深不見盡頭的黑暗，是她一直不敢直視的過去。

＊＊＊

兩人商議好教訓周雅兒。

「我們該怎樣做？」坐在旅遊巴最後的淩南側過身，無聊地把玩著自己的曲髮，像在想些甚麼很重要的事。

雨點打在旅遊巴的窗戶上，車外遊樂園五彩斑斕的建築，像在蠟筆卡通裡的物事一樣，搖搖晃晃。

貞貞的手指不自覺地繞著書包帶：「……讓她出糗吧。」她終於開口，聲音很輕。

「怎麼個出糗法？」淩南眨眨眼，嘴角露出了一點點的笑，心裡似乎已經有了主意。

「畫花她的東西？」

「拜託，」淩南翻了個白眼：「這種小孩子遊戲有甚麼意思？要做就做點厲害的，嚇她一下！」她頓了一下，輕輕嗤笑，壓低聲音：「她不是有哮喘嗎？我們把她的藥瓶藏起來，看她會不會嚇哭。」

林貞貞怔怔的，心裡猶豫。

「只是嚇她一下而已嘛，又不是真的不還她。」凌南湊近她：「這樣她才會知道，我們不是那麼好欺負的。」凌南頓足：「你還記得上次在她病房的樣子，真讓人生氣。」

貞貞眼神有些閃躲，心裡卻忍不住想著，是啊，那時的她太過份了。

樂園入口處，雨下得愈來愈大，人潮稀疏，穿著雨衣的工作人員站在門口，熱情地招待從旅遊車下來的義工和病童。

醫院的姑娘帶著大家，儘管天氣不好，但偶爾也能聽見大家的笑聲。唯獨林貞貞和凌南兩個卻左顧右盼，雙眼不自覺地往周雅兒那邊瞄。

當她們走過動物園的時候，周雅兒身前卻多了一個少年，周雅兒的臉上露出了難得的、毫無防備的笑容。

「那是她的哥哥吧？」凌南問道。她們只聽說過周雅兒有個哥哥，卻未曾見過他來到醫院裡探周雅兒。

「走吧。」林貞貞說著，拉著凌南離開，目光仍忍不住回看周雅兒，心裡有點不是滋味——連她這樣的人，也有家人疼愛。

「你們兩個，」兩人走著走著，碰到了樂園的「跛腳叔叔」——那個經常在樂園請她們吃波板糖的男人，凌南取了個外號，說他像卡通裡的「長腿叔叔」。

「有甚麼好玩的事嗎？」跛腳叔叔笑眯眯地問，似乎沒有注意到她們的心思。

林貞貞支支吾吾地答，生怕別人發現她倆的小計劃。

這時，人群中傳來一陣騷動，籠內的黑豹正瘋狂亂竄。

林貞貞和凌南的注意力卻不在籠子中，而是周雅兒隨手放在地上的背包。

「快點，趁現在。」凌南小聲說，眼神一直盯著那個背包，既興奮又有點緊張。

林貞貞點點頭，偷偷摸摸地走向那個背包。她的心跳得很快，手還微微顫抖。她怕自己一不小心動作太大，引起注意。林貞貞慢慢伸手，把背包的拉鍊打開，看到裡面那支藥瓶時，心裡又是一陣小小的得意。她小心地拿起來，迅速塞進了自己的口袋裡。

「好了，走吧。」貞貞也快步撤開，兩人像小偷一樣，快速走開，藏在人群裡。她們心跳快得像小鹿一樣，忍不住偷笑，但又怕被人聽到。

兩人在遊人打著的傘下左穿右插，小小的腳掌踏在地下的水氹，濺起的水花打在小腿上，感覺再也沒這麼自由過。

跑了好一會兒，直到確認周雅兒再也沒有追上來，才停在樂園中的湖邊，雨點打在湖面，像特別興奮沸騰的水面。

兩人身子半彎，喘著氣，相視大笑了起來，感覺終於把一直以來的怒氣發洩了出來。

正自笑得開懷，卻見周雅兒喘著氣，一步一步在雨中追了上來，臉色在陰天下更顯蒼白。

凌南轉過身，見周雅兒臉色不對，與林貞貞交換了一個眼色，似是想到自己可能太過份。

林貞貞摸摸自己口袋裡的藥瓶，心裡一陣猶豫，最終還是拿了出來——

「快還給我！」周雅兒一邊喘著氣，一邊叫嚷，一邊伸手扯著林貞貞的頭髮。

貞貞的頭髮被拉得疼痛，髮箍飛落，沉入湖面的瞬間，周雅兒也墜進湖中，林貞貞和凌南驚慌的聲音彷彿成為這場混亂的唯一回應。

兩人站在湖邊，只見周雅兒舉著雙手，在湖中拼命掙扎，卻似一尾被掉到岸上、睜大眼睛，張著口拚命呼吸的魚。

隨著時間流逝，周雅兒的動作漸漸變得無力，兩人僵在湖邊，不知如何是好，幾乎要哭了出來。

「貞貞。」凌南拉拉雅兒的衣袖，低聲指向遠方，只見一個男人正蹣跚著緩步走過來，正是兩人口中的跛腳叔叔。

兩人來不及細想，跑到附近的假山後躲避。貞貞緊緊地捉住了凌南，心幾乎要跳了出來。

只見跛腳叔叔緩慢地走進水裡，周雅兒的身影在他手中顯得那麼無力，僵直不動的她被他拖向湖邊。

「跛腳叔叔救了她！」凌南說道，總算有大人來救了周雅兒。

貞貞卻咬了咬嘴唇，臉上有點擔憂。想到周雅兒醒來告狀她倆——不單是自己偷走了哮喘藥的事會被發現，還一定會被趕回到家去。看著父親對母親的打罵，即使躲在被子裡，看不見，也還是聽得見。

兩人悄悄跟在跛腳叔叔後方，卻見他不是走到樂園門口求助，而是走到樂園深處、無人的射擊攤位來，只見跛腳叔叔緩緩往旁邊一道向下的樓梯走去。

貞貞和淩南走到樓梯上方，漆黑的樓梯比樂園裡的鬼屋還要可怕，交換了眼神，點點頭，拖著手大著膽子走下去。

兩人輕輕沿著縫隙鑽進去，門發出吱吱的聲響。只覺空間昏暗，淩南拉住貞貞，趕緊指了指一旁的一個架子，迅速躲在後方。

貞貞定神一看，赫見架子上一個人頭的雕像正定神看著她，幾乎沒發出聲響，幸好淩南按著她，才不至被發現。

跛腳叔叔此時轉過身來，緩緩走過來，把鐵閘重重鎖上。

兩人不敢動彈，屏住呼吸，只覺每一秒極其漫長。

微弱的光線中，跛腳叔叔坐在一張帆布床前，床上的正是周雅兒，卻沒有知覺。

凌南的心有那麼一刻，想要衝出去救周雅兒，卻被林貞貞拉住了。林貞貞想起了周雅兒拉著她的小跟班，像看著怪物般笑她的樣子。

只見跛腳叔叔拿起一個枕頭，按在周雅兒的臉上，周雅兒的身子像跳線的公仔般抽搐了幾下，便僵直不動。

林貞貞和凌南都無法動彈——像被凍結了一樣。

林貞貞記得，凌南是第一個回過神來的，她緊緊地抓住了貞貞的胳膊，快速瞥向身後的門。

「走。」她用口形說道，眼睛充滿了恐懼。

貞貞的身體顫抖著，她知道自己應該逃跑，腳卻動不了，連後退一步都困難——她無法從那恐怖的場面移開視線。

凌南扯住貞貞的袖子，拉著她往後退，一步步往門口挪動，每一步都像踏在懸崖邊緣，就在快要走到門口時，鐵門吱呀作響。林貞貞幾乎要尖叫出來，但淩南死死摀住她的嘴。

她們對視一眼，飛快地閃進轉角的廁所，剛藏好，就聽見外面傳來沉重的腳步聲。

貞貞不敢呼吸。腦子一片空白，只剩下一個念頭——跑。

淩南的視線掃過廁所的牆角，發現一道狹小的渠口，兩人合力扭開渠口。

「快！」淩南低聲催促，率先爬了進去。

通道向下傾斜，昏暗，牆上黏黏滑滑。

貞貞的腿發軟，手死死抓住淩南的袖子，跟著她往前爬。

她不敢回頭。她知道，周雅兒不會再起來了。

＊＊＊

林貞貞一步一步走在青苔覆蓋的石磚上，冰冷的水刺入腳踝。

她告訴自己，雙腿並不屬於自己，從小，把痛苦與精神割裂，便是她學會的生存方式。

十年前，在這地下水道裡，她和凌南發過誓，無論發生甚麼事，絕不會把當日的經歷說出去。她曾經以為凌南和她是一樣的人，守著同樣的秘密，過著同樣的日子。

但凌南居然忘了。或者，她們根本不是同一種人。

前方，那個小小的洞口仍然存在。貞貞仰頭看向盡頭，鐵門的縫隙間透著微弱的光線——她們當日便是循這裡逃走的。

她深吸一口氣，伸手抓住牆壁。青苔濕滑，稍有不慎便可能滑落。水道的狹窄讓她無法順暢前行，每一步都要拼盡全力保持平衡。

貞貞從袋裡抽出刀，握緊，然後用力往鐵門一推。

觸目所見是一片混亂——被撕碎、沾有血跡的衛生紙、潰爛的布條，還有大大小小凝結成黑色的血漬。

視線掃過角落，那裡蜷縮著一個瘦削得只剩骨頭的身影——凌南。像一頭破碎的瓷偶，渾身骯髒，失去意識。

貞貞蹲下，伸出手指靠近她的鼻息，氣息極其微弱。她輕輕拍了拍凌南的肩膀，對方似乎有些知覺，發出模糊的哼聲，整個人仍然像斷線的木偶一樣毫無力氣。

貞貞環視四周，不見「他」的身影。

林貞貞從背包拿出水瓶，輕輕湊到凌南唇邊，凌南咕嚕咕嚕喝了幾口，看她稍微清醒了點，林貞貞把她放平，靠在背包上。

走到房間裡，環視四周，卻不見他——那跛腳叔叔的蹤影。

她皺起眉，只見地上散落著大量雜物，玩偶、筆記本。她的目光落在角落，一道敞開，再往下一層的門。

貞貞握緊手中的刀，走了下去。

牆壁上陳列著一排排蠟像，在微弱的燈光下靜靜佇立，她知道，是那些新聞上看到的女孩。

地上，一個人蜷縮著，身體浮腫潰爛，衣服與皮肉幾乎已經黏在一起，滲出的膿液沿著地面擴散，形成一道道黃綠色的污漬。

貞貞抬腰踢了踢他的腿，他發出微弱的呻吟聲，像一隻垂死的老狗。她知道，他撐不了多久。

回到上層時，林貞貞看見地上的一個手袋，凌南在醫院挽的手袋。

「爸爸回信了。」她記得凌南珍而重之，讀著信的神情。

貞貞將手袋提起來，輕輕抖落上面的塵埃，抽出那封信，盯著看了片刻。

「他可能不記得我的樣貌了，但他還記得我喜歡吃鰻魚飯。」她記得凌南充滿盼望的神情，一直的禱告終於有了回音。

貞貞將信收進口袋，說不清為甚麼，只是覺得，這封信不應該留在這個地方。

站起來時，手袋裡的繩結掉落地上，正是她在醫院給凌南的繩結。

她怔了一下，這條繩結是她小時候編的。當時相信它能帶來好運，只要繫著它，就會變成幸運的人。但這些年來她已經明白，活下去靠的不是運氣。

她緩緩站起來，把繩結留在原地，所有的秘密、罪過，該快要告一段落。

第二十章

在避風塘附近的海域，有許多不具名的小島，島上佇立著不少木屋。不熟悉海域的人經過，或許會好奇是誰人住在這些偏遠，像已荒廢的木屋上。對於像林貞貞一樣的漁民來説，則是他們再也熟悉不過的地標。

月光透過氣窗映進這小島海邊的木屋中，淩南躺在床上，茫然的盯著天花板，水滴順著屋簷落下，桌上的白粥早已化成白色的水，她知道自己應該吃點東西，但胃裡是空的，卻沒有任何飢餓的感覺。

在地牢裡，曾經那麼努力活下去。但當她知道失去孩子的一刻，她只覺得體內某種無形的東西被剝離，來不及疼痛，甚至連結束自己生命的氣力也沒有。

這是懲罰吧，那些死去的女孩，地牢裡的鬼魂，即使她們原諒她，上帝也不會放過她。

屋外傳來快艇的引擎聲，一陣輕快的腳步聲踏上木製的甲板，門開了，一道身影進來，帶著一陣潮濕的雨氣。

「食物足夠幾天。」貞貞合上門，手中拎著一大袋物資，眼神掃過桌上那碗變質的白粥：「這幾天一直下雨，沒有辦法來。」

貞貞的聲音一如既往的冷靜，可是視線卻刻意避開凌南的臉。她打開煤氣爐，放進白米，又開了帶來的罐頭，放進鍋中，煮好後遞給虛弱的凌南。

凌南沒有接過來，只看著天花呆呆出神。

「南，這不是你的錯。」

凌南轉頭看著她，眼神裡沒有憤怒，只有一種幾近絕望的篤定。

「如果那時我們說實話，她不會死。」

貞貞沒有回答，只是轉過身去，「你現在要休息，其他的事等你身體恢復了再說。」

「不只是我，上帝也不會放過你。」

貞貞的背影微微僵住。她沉默了幾秒，才開口：「那是意外。」

「意外？」凌南低聲重複了一遍，嘴角泛起一絲苦笑。

「你知道嗎，我冒著危險去救你。」貞貞忽然抬高聲音，回頭瞪著她。「你現在活著，是因為我。」

「所以呢？」凌南坐起來，盯著她的眼睛，「我們去自首吧。」

空氣忽然沉寂，只有雨聲滴滴答答地響著。

「這個世界沒有鬼魂，只有你自己的心魔。」她轉身，將粥重重放在桌上，走到門口。

「不要這樣！」凌南掙扎著爬起來，伸手抓住門鎖，用力拍門：「放我出去！」

門鎖喀的一聲鎖上。

貞貞在門外說：「我過幾天再來。」腳步聲漸行漸遠，只剩下雨聲敲打屋頂的聲音。

第二十一章

「我們去自首吧。」

這幾天，林貞貞努力不去想淩南的話，忙著補眠、忙著上學、忙著打點自己的事情，連吃飯都變成一種任務。

父親似乎變本加厲，經常動手，吵鬧聲和嚎哭聲幾乎成了家裡的背景音。

但她早變得麻木，快藏不住的秘密，已佔據了她整個思緒。

從地下水道逃出的第二日，周懷森似乎發現了她的異樣，連續幾天跟蹤她回家。這個人到底知道了多少？

她決定約周懷森出來，約他看電影，試著找出答案。她想起了那日他在圖書館望著她的眼神，彷彿真切地為她著想：「貞貞，你在選擇錯的路。」如果向他坦白，他是否會理解？

可是，如果凌南堅持向警方自首呢？

那封來自日本的信，還擱在抽屜裡。她這幾天反復看了無數遍遍，寄件人是凌南的父親，字跡端正，信裡寫著日本的生活，提到日本的四季很美，『這裡雪會把一切染白。如果你還想見爸爸，就來這裡。』

她的指尖摩挲著那句話，心底裡某個模糊的念頭，慢慢成形——如果她像其他女孩一樣消失，帶著信件，展開新的生活、身份，甚至還有那些未實現的夢想……

時間不多了。

夜半，她從家中潛出，沿著濕漉漉的漁屋小徑疾行，海風裡帶著鹹腥，潮水翻湧，宛如一張吞噬一切的黑暗大口。她試圖壓下心中的焦躁，但腦中不斷浮現同樣的念頭。

但願淩南已放棄自首的念頭，可是，要是她堅持呢？假設南把當年的一切都向警方坦白——

警方必然會追問當年周雅兒失蹤的前因後果。她們如何在樂園裡，拿走周雅兒的哮喘藥，看著她被唐強擄走，卻選擇說謊。

如果淩南決定自首，一切都會被串聯起來。

到時候，警方、記者、全世界都會知道。失蹤的少女模特淩南，再次出現在世人面前，卻是作為一宗駭人聽聞的陳年懸案的關鍵證人。媒體不會放過她，所有人都會追問——她當年為甚麼選擇沉默？她又為甚麼現在才決定說出真相？

未來將會被徹底摧毀。

她不會允許這種事發生。她不能回這個臭氣熏天、充滿魚腥味的家，看著那個無能又暴躁的男人如何折磨她母親。

無論付出甚麼代價，她都不能回到這裡。

＊＊＊

她打開門鎖，凌南坐在床上，瘦削的臉龐比數日前更加憔悴，雙眼低垂，指尖輕輕摩挲著床單的邊角。

「你來了。」凌南聲音低啞，像是已經等了很久。

貞貞沒直視她，只是將食物袋放在桌上：「這幾天比較難溜出來。」

凌南沒有回應，她伸手摸了摸桌上的食物，過了一會才問：「你打算把我關一輩子嗎？」

「胃口好點了嗎？」貞貞自顧自地整理袋子，像是沒聽見。

「像我們的秘密一樣，永遠藏在這裡？」

「這次的食物足夠撐兩星期了。」貞貞沒有接話，自顧自地將食物整理好，然後轉身走向門口。「這樣對你的康復有幫助。」

凌南靜靜地看著她，然後站起身，朝門口走去。

林貞貞搶過來，擋在凌南跟前。

她的腳步並不快，甚至稱得上遲疑。但貞貞還是立刻擋在她前面，手指準確地扣住她的手腕，扯下她剛解開的繩結。

「我要去自首。」凌南抬起頭，雙眼直視著她，「我等你回來，就是想最後問你一次——要不要一起去。」

貞貞沒有動。

時間真的不多了。

「那你去吧。」她讓開身子。

凌南望著她，握緊拳頭，推開門。

「跑進警署裡，告訴他們你十年前害了一個小女孩。」貞貞的聲音輕輕飄來。

「你不是要去日本找爸爸嗎？」貞貞語調緩慢，像是有意要讓她每一個字都聽清楚：「還是你想進去牢獄，待上十幾年，等到出來的時候四五十歲，當個清潔工？」

「說到底，你還是怕坐牢。」

「你的家人呢？你的姊姊、你的母親呢？」貞貞緊盯著她，「報紙會怎麼寫你？你忍心她們承受這一切嗎？」

「你只是自私。」凌南冷笑道：「為甚麼你只想到自己？有沒有想過她的家人？」

「那你呢？」貞貞冷冷地回應，「你做這一切，是為了誰？」

「為了做對的事。」凌南抬高聲線，好像無法把最簡單的道理，解釋給最頑固的人聽：「為了贖罪！」

「你不是已經殺了他嗎？」

凌南瞬間抬起頭，眼睛睜得滚大。

「你沒看到他那樣子嗎？」貞貞冷冷地說：「躺在那裡，身上流出來的全是膿和血……他活不了多久。」林貞貞幾乎語帶嘲諷：「那還不夠？」

「那不是——」凌南聲音發顫，想起了把金屬片刺進唐強身上，像戳進一塊半生不熟的肉的鈍感，「我不是⋯我只是想⋯」

「你才是為了自己！」貞貞提高聲線：「為了自己不用再害怕，為了自己可以睡個好覺，進去坐牢懺悔，一了百了，有多容易？你進去坐十年、八年，會補償到甚麼？你以為自己是誰？殉道嗎？我也要賠上我的一生嗎？」

「我們根本沒有分別。」貞貞續道：「你只是無法承受這份痛苦而已。」

凌南痛哭出聲，捂住耳朵，不願再聽。

「你以為我不難受嗎？」貞貞咬牙道：「我為甚麼要去救你？」

貞貞說道：「但是我的感覺不重要！那天之後，我已經覺得沒有甚麼好的了，我就當我自己死了，用剩餘的生命去補償。每一日的努力，比逞一時之快難多了！」

「就當是我懦弱好了。」凌南伸手抓起桌上的刀，架在自己的脖子，「但我騙不了自己……」

貞貞撲過去，想要把刀搶過來，刀劃過她的手臂，鮮血滴落。

「我要出去！」凌南猛地推開她，奪門而出。

貞貞幾乎是本能地撿起地上的刀，狠狠刺進了她的背。

刀劃破皮膚，溫熱的血濺在她的手背上。她沒停手，一刀接著一刀。

凌南倒下，背僵了一下，像被拋到岸上的魚，四肢亂捉亂撲，指甲刮過潮濕的木板，發出令人牙酸的聲音。

就像平日把拚命掙扎的魚固定在砧板上一樣，她又在背上補了幾刀。

林貞貞用身子壓著她，把她的雙手按住，濕潤的皮膚，黏滑的血水，像她小時候看著父親剖開魚肚時的感覺。

最後，她安靜了，血在木板上像花瓣慢慢擴散開來，曲髮沾了血，像纏繞在地上的藤蔓。

貞貞把淩南翻過來，確認她已經死去。她瞪著淩南逐漸渙散的瞳孔，死前的恐懼凝結成某種濃稠的東西，那兩顆小痣像被釘在標本上的飛蛾。

不是一早就告訴了你，世界便是如此這般嗎？貞貞厭惡淩南眼中的懦弱，她彷彿看到了曾經的自己。

風從窗縫灌進來，帶來潮濕的霉味。貞貞低頭，看著自己滿是血的手指，緩緩吐出一口氣。

總算……安靜了。

第二十二章

午夜，無際的海面變成一片接近黑色的藍，連續下了幾天的雨已經停掉，剩下只有徐徐的海浪聲，拍打著船身，帶來規律的聲響。

貞貞駕著快艇至海中央，把最後一件殘肢拋進海裡。她彎下身，一隻手扶住船邊，另一隻用水桶撈起一桶海水，潑灑在甲板上。血水稀釋後變成淡紅色，順著木板的縫隙流進大海。她又重複了一次。她以為血會被徹底沖走，但當月光照下來，仍可看見隱約的褐色痕跡。

腦中一幕幕的影像揮之不去——凌南沾血的頭髮、不知是因為失血還是月光而顯得慘白的手臂、因失去彈性而有點扭曲的五官、還有大腿切口內那一層淡黃的脂肪。

一個年代久遠的記憶被挖掘出來。

她第一次接觸死亡，是在魚檔。那時，她的工作是收錢、找錢，剖魚的事由父親負責。每逢有魚跳出魚缸，貞貞便負責把它們撈回缸裡去。一次，一條幼魚不斷跳出魚缸，淩南走到近處蹲下來，只見身上有著藍紫色幻彩紋的幼魚直直盯著上方，腮一下一下微微拍動，貞貞覺得可憐，遂把幼魚偷偷帶回家。

貞貞把它放了在廁所的水箱中，以為這樣能救活它，但第二天，魚便浮在水面幻彩的魚紋變成暗綠色，死去的腥臭斥滿整個廁所。

父親並沒有安慰她，「賣魚的為魚死哭哭啼啼，不是笑死人嗎？」父親用力執著貞貞的手，拿著刀，叫她學會剖魚。

貞貞還記得魚在她手中扭動身體。反抗的力量。最初掙扎得激烈，但當刀劃進去，掙扎便一點一點減弱。最後魚靜靜的躺在那裡，從生命變成食物鏈中被淘汰的一環。

凌南的血水濺出的時候，她也想起了魚的內臟被掏空時的溫度。當年她以為自己會害怕，結果只是不習慣。現在，她還是不習慣，但至少，手已經沒有發抖了。

「都把它吃完，不要浪費食物，便對得起它了。」父親吃得津津有味。

她刷洗著甲板，一遍又一遍，髮箍不知何時鬆開了，長瀏海黏在汗濕的額前。手指泛白，刷毛幾乎磨平。她不知道自己是在清理血漬，還是在試圖抹去某種難以名狀的東西。

「我們應該去哪裡？」她想起了在下水道時，凌南的聲音。她們躲在污水渠裡，身體貼在冰冷的水泥牆上，想逃出去，卻又怕踏出去會被人聽見，但身旁的溫度提醒她，凌南還在。

「世界那麼大，我們有很多地方可以去。」她把口袋裡的幸運結遞給凌南。凌南接過，感激地望著她，那目光裡的信任，讓她覺得美好，這個世界上，真的有人願意相信她。

可惜，淩南永遠看不到她的蛻變了。但沒關係，無論發生了甚麼，世界還是會前進。掉進海裡的血和肉，相比起茫茫大海，太微不足道了。

她站起來，海風加劇，扯散了的頭髮隨風亂舞，像要把髮絲中最後的一絲血腥氣吹散。她啟動引擎，快艇劃開海面，朝無盡的深藍駛去。

第二十三章

——「如果真的能贖罪，我早就被原諒了。」

一九九四年，除夕，日本。

周懷森踩著積雪，站在一家庭式小餐館前。積雪從屋簷落下來，柔和的燈泡懸掛在簷角，映出一圈暖黃的暈光。在居酒屋的門前，幾個男人抽著菸圍著取暖，哈出的白氣迅速消失在夜色裡。

這條巷子，帶著某種與世界脱節的靜謐。

小餐館的門口掛著「準備中」的木牌，但門後的燈光溫暖地亮著，透過磨砂玻璃，可以隱約看見店內的輪廓。

周懷森深吸了一口冷空氣，推門進內。

暖氣、烤魚的焦香、醬油的鹼香味交錯著，迎面而來。溫度的落差讓周懷森有一瞬間的晃神，他抖落肩上的雪，慢慢抬起視線。

然後，他看見了林貞貞。她站在櫃檯後，繫著圍裙，正俐落地擺放著新洗好的碗盤。身上是日式的白色和服工作服，袖口捲起。頭上的髮箍和瀏海不見了，頭髮絲服貼地盤在腦後，露出額下的青色血管。

眼下的兩顆淚痣，形狀，與淩南的分毫不差。

懷森從沒這樣看過她完整的臉容，她的輪廓變得柔和，曾經像利刃般的眼神已經消失了，完全沒有過去的影子。那張臉，變得平靜，變得溫和，變得……甚至能被遺忘。

她沒有驚訝，甚至沒有任何多餘的情緒。只是淡淡地瞥了周懷森一眼，然後將擦乾的刀收回刀架，把陶碗放回架上。

「いらっしゃいませ。」語氣像招待任何一個陌生的客人。她指了指櫃台前的空位，示意他隨便坐。

周懷森坐下，視線掠過店內的寥寥的客人——一對老夫妻低聲交談，一名獨自喝著清酒、抽著菸的男人坐在電視前，專注地觀看電視的歌唱大賽。

他抬頭，看見牆上的菜單，一整排日文，完全沒有圖片。

「…………呃，烤魚？」

「你終於來了。」林貞貞冷冷地說，然後熟練地以日語向店員下單。

櫃檯內，一名中年男人站在廚房裡忙碌，正專心地燉煮著甚麼，然後熟練地端起一碗熱湯，遞給林貞貞。懷森知道，那是淩南的父親。

他從來沒有發現嗎？還是，他早就知道，卻選擇沉默？他們這對陌生的「父女」，是怎麼生活了一年的？周懷森想像過無數種情境：她或許隱姓埋名，甚至改變了臉容。但現在，她就在這裡，像任何一個普通人一樣，從原來的林貞貞徹底活成另一個人。

周懷森低頭，看著自己手中的信。是淩安的信把周懷森帶到這裡的——那封信，是來自某間日本銀行的帳戶通知信。內容簡單，寫著某個『三年前開立』的帳戶最近一筆交易的時間，附上一張自動轉帳的收據。

淩安本對來自日本的信已見怪不怪，幾個月、幾年一次，通常是郵局退回來的淩南信件，她從不放在心上。但這次不同，因為淩南已經死了。

「有些事情，也許一輩子都不會有答案。」淩安把信遞給他時，這麼說。

但他必須把路走完，登上飛機，追隨著線索，終於落在這條小街，這間不應該有他身影的餐館裡。

林貞貞流暢地取出砧板，拿起刀，開始處理一條新鮮的魚。刀刃緩緩劃過魚皮，從脊背切開，沿著骨頭的方向剖下，乾淨俐落，手背上淡淡的疤痕仍然可見，卻不再可怖。

周懷森遞過手中的的信：「是寄給淩南的吧？」

她沒有有立刻看它，只是拿起一個陶碗，輕輕擦拭，擺放整齊，這才掃了一眼信封：「不然呢？」語氣依舊平靜，但她的肩膀微微緊繃了一下。

不明顯，但懷森看見了：「我只是想知道真相。」

林貞貞沒有回答。

「他們找到了淩南的頭骨。」懷森說道：「是你做的嗎？」他盯著她的側臉，等著她的一點反應，哪怕是一個眼神的閃爍，一次細微的遲疑。

但她沒有，只是低下頭，輕輕地，乾淨俐落地剖下一塊魚肉，露出銀白色的肉質。

「那日在遊樂園裡，到底發生了甚麼？」

林貞貞的手輕輕一抖，但她沒有抬頭，彷彿這個問題與她無關，「你知道嗎？」她語氣輕柔，像和相熟的客人在聊天，「在這小鎮裡，竟然有香港的報紙賣。」

她轉過身，伸手拿起料理台上的抹布，擦去砧板上的水漬，「不是都找到你妹妹的屍體了嗎？」眼前的林貞貞，像是沒事人在談論報紙上的新聞一樣。

「所以，以別人的身份活著，是甚麼樣的感覺？」

「那你呢，老師？」這一次，她笑了，手上的工作更加勤快，像是聽見了一個無聊的問題：「背著你妹妹的死活到現在，感覺怎麼樣？」

她的手沒有停下，俐落地將魚片放進烤爐裡，打開計時器。

周懷森緊握手裡的餐刀，克制自己。

林貞貞抬頭：「我告訴你——無論怎樣，總比在醫院裡被其他孩子欺負好。」林貞貞淡淡地說，手指輕輕摩挲著刀柄：「也總比在家裡，聽著那個人打媽媽好。你知道的，不是嗎？」

她微微抬起手腕，看著自己的雙手，語氣不帶任何情緒：「來到這裡以後，我的皮膚就這樣好了，剩下的只有舊疤痕。」

「幸好這裡的客人都不介意。」

周懷森的視線落在櫃枱旁的電話。

「隨便借用。」林貞貞語氣輕柔，像是邀請他點一道菜，「110，只要撥出去，一切就結束了。」

廚裡裡的男人遞出熱湯和熱飯，林貞貞轉身接過，端起湯鍋，把熱湯倒進碗裡，擺好定食。

「這世界從來都不公平？是嗎？」林貞貞的聲音傳來，輕得像是一句喃喃自語。

周懷森的指尖停在電話上。

「你也是這樣教你妹妹的，是吧？」林貞貞淡然望著懷森：「從小以來，我想到在醫院的時候，你妹妹如何欺負我們，便十分痛恨。」

她停頓了一下，低下頭，像是在回憶：「後來我在想，她不過是害怕了吧。」

周懷森想起了小時候。母親死後，他和雅兒經常流連在公園，父親總是教他們「不可以打人」。後來，他在遊樂場被打，卻被父親責罵，說他「愚笨」，於是，他拿著刖刀去傷害另一個小孩。

事情鬧大了，父親把他送進寄宿學校，臨走前，他千叮萬囑雅兒：「絕不可以被人欺負。」

她點點頭，他教她要反抗，但他沒有教她如何衡量界線。

「我在這裡，也只想活下去。」林貞貞的聲音，將他拉回現實，「我們本來只是想教訓她。沒有想過，和那些被欺凌的記憶一樣，會纏繞著一生。」

周懷森看著眼前的林貞貞。

「如果真的能贖罪，我早就被原諒了。」她的語氣太過平靜，甚至帶著一絲嘲諷。

她停頓了一下，彷彿從更遠的記憶裡撿回一些甚麼：「我本來想，在看完那場戲以後，就把所有的事情告訴你。」她說得很慢。

「那天清晨，我坐在碼頭邊，腳泡在水裡，水不同尋常的冷。我看著海潮不斷打在自己的腳上，打在礁石上。然後，我看到了一個老漁夫，把纏在漁網上那些不大不小的小魚，逐條逐條解開，放回海裡。」

她輕輕笑了一下：「我一定不是頭一遍見過那漁夫，只是從來沒在意。就那一剎間，我忽然想起了很多事，忽爾明白了……自己一直在執拗的是甚麼——

相比空白的懺悔，我更相信每一天……做好一點，那怕是最微小的善意。從十年前那天開始，我就當自己的生命，是賺來的，是奉獻出來的，那才是……真正的彌補。」

「所以現在，如果打這個電話會令你好過一點，我全然接受。」

她放下熱湯，端起烤好的鯖魚定食，將整套餐點擺到他面前。

熱氣從碗裡升騰，飯粒粒粒分明，味噌湯的香氣輕輕散開。

他知道，她一直以來只是做所有生存下去需要的事，但她不求寬恕，不求原諒，不求辯解。

牆上的木製鐘響起，正好八點整。

門外傳來小孩的笑聲，與街頭的聖誕歌聲混在一起。

周懷森看著林貞貞的面容，找尋著最後的真相，或許是一個他永遠都不會知道的答案。

他閉上眼，緩緩地，將手從電話上移開。

他端起飯碗，感受飯碗的溫熱。

離去前，他回頭看了一眼，貞貞正在低頭擦拭杯子，那顆淚痣在暗處已看不分明。

門外，雪下得正急。懷森從懷中摸到那張早已揉皺的素描，和那封印著日本郵戳的信，他點燃火機，將它們一併送進火焰中，火焰竄起，瞬間吞噬了紙片，照亮他那不對稱的臉，直到指尖灼痛，他才鬆開手。

他解開大衣，把帽子，手套一併脫下，任它們落在雪地上，然後徐徐跪下，仰起頭，讓雪片打在他的臉上、落進畸形的耳蝸裡。

他看著雪花落在手腕上的勒痕——那扎針的麻痺，終於取代了那從未消退的疼痛。

彷彿有甚麼，終於被洗淨了。

他這才明白，原來救贖，不是尋找終點，而是通往答案的旅程。

全書完

界限書店 ▌ BOUNDARY BOOKSTORE

贖罪之泉

作者——蘇婉雯
責任編輯——廖詠怡
插畫——Alex Lung
排版設計——林逆
校對——劉梓煬
出版——界限書店

香港發行——泛華發行代理有限公司
電話：852 2798 2273
台灣發行——紅螞蟻圖書有限公司
電話：886 2 27953656
版次——二〇二五年七月（初版）
國際書號——9789887145912
建議售價——港幣一〇八元
台幣 四百元